LES VACANCES DE L'OBERLEUTNANT VON LA ROCHELLE

DU MÊME AUTEUR

Aux Éditions Fayard :

Le Secret du Jour J.
L'Orchestre rouge.
Le Dossier 51.
L'Erreur.
Les Sanglots longs.
Le Pull-Over rouge.
Les Gens d'ici.
La Longue Traque.
Les Jardins de l'Observatoire.
Le Secret du Roi (I *La Passion polonaise*).
Le Secret du Roi (II *L'Ombre de la Bastille*).
Le Secret du Roi (III *La Revanche américaine*).
Lettre à deux juges françaises décorées de la Cruz de Honor de la Orden de San Raimundo de Peñafort.
Le garçon aux yeux gris.

Chez d'autres éditeurs :

Les Parachutistes, Le Seuil.
Casanova, J'ai Lu.
Le Grand Jour, Lattès.
Un homme à part, Barrault.
Le Dérapage, Mercure de France.
Paris sous l'Occupation, Belfond.
Le Soldat perdu, Noesis.
Notre ami le roi, Gallimard.
Christian Ranucci, vingt ans après (en coll.), Julliard.
Le Goût du secret, Arléa.

Livres pour enfants :

La Petite Bande, Ramsay.
Pourquoi les guerres ?, Le Seuil.
Ruse de guerre, Bayard.

Gilles Perrault

Les Vacances de l'oberleutnant von La Rochelle

roman

Fayard

A celle et à celui qui nous
lançaient deux fois par jour :
« Nous ka pâti ! »

Première partie

1

La puanteur réveilla Double-Queue. Elle submergeait les odeurs de corde et d'iode des filets mis à sécher entre les gommiers couchés sur le sable, refoulait les effluves douceâtres de caramel et de jus de canne qu'exhalait l'usine à sucre du Marin, annulait même le fumet musqué dont son corps restait imprégné après avoir coqué Philomène jusqu'au milieu de la nuit. Cela ne ressemblait à rien et c'était pis que tout. Un marigot pourri offensait moins les narines. Le grand égout de Fort-de-France ne puait pas autant. On aurait eu meilleur compte à renifler le cul d'un bouc. Allongé sur le dos entre les gommiers *Va-de-bon-cœur* et *Misère-de-l'humanité*, Double-Queue tenta d'analyser l'infection. Il y avait du moisi, des relents de cambouis, une odeur de bidoche avariée, mais, bizarrement, cela sentait aussi l'homme. Jamais la plage de Sainte-Anne n'avait senti l'homme. Cela ne pouvait arriver qu'en Amérique. L'an passé, invité chez une veuve désireuse de vérifier s'il méritait bien son sobriquet, Double-Queue, performance accomplie, avait feuilleté un vieux magazine. Une photo montrait une plage proche de New York un jour d'août. Il n'avait de sa vie vu autant de Blancs rassemblés. Quel plaisir pouvaient-ils trouver à se frotter ainsi le lard ? On ne voyait même plus le sable.

Il se mit à genoux, se cambra, les mains sur les reins, et découvrit la baleine. Une ébauche d'aurore commençait d'entamer les certitudes de la nuit. Une baleine morte, certainement en état de décomposition avancée. Elle se balançait doucement sur la houle à deux cents mètres environ de la plage. Double-Queue déplora qu'une telle masse de chair fût perdue. On avait faim à la Martinique depuis la mise en place du blocus américain.

Le jour se levant avec sa brutalité coutumière et ses yeux enfin lavés de la taie du sommeil, il fut vite détrompé. Un sous-marin. Moins long et moins large que le *Surcouf*, qui avait fait escale à Fort-de-France au début de la guerre et dont les marins proclamaient avec orgueil qu'il était le plus grand du monde. A présent, des hommes s'agitaient sur le pont. Deux d'entre eux pointaient sur la plage le canon installé à l'avant. Terrorisé, Double-Queue s'affala entre les gommiers. Sa hantise familière était le coutelas des maris, mais il savait pouvoir compter sur ses jambes, dont la vélocité l'avait plusieurs fois tiré d'embarras. Personne ne va aussi vite qu'un obus. Il fallut trois ou quatre minutes pour que la curiosité l'emportât sur la peur. Un canot pneumatique se détachait du sous-marin et se dirigeait vers la plage, mené à coups de pagaie par deux hommes. Au sommet du kiosque du sous-marin, un vieillard à la barbe grise agitait une casquette blanche. Les occupants du canot portaient aussi la barbe. Double-Queue se plaqua contre la coque du *Misère-de-l'humanité*, le cœur frénétique et l'échine mouillée. Aucun des matelots de l'amiral Robert n'était barbu. Sa grand-mère Sylvanise répétait que les esprits des marins naufragés s'ingénient à tourmenter les terriens. Il avait si peur qu'il ne sentait même plus l'odeur immonde. Il se jura de porter un coq au quimboiseur du Vauclin s'il parvenait à échapper aux zombis qui venaient à coup sûr le chercher pour l'emporter dans leur enfer puant. Mais comment fuir ? Il savait que ses jambes ne le porteraient pas. Un sanglot dans la gorge, il gigota sur place pour s'enfoncer dans le sable, creusant des deux mains sous la coque du gommier, puis, les yeux énergiquement fermés et les deux poings serrés sur ses oreilles, il attendit l'inévitable.

Comme l'inévitable se faisait attendre et que la curiosité n'était devancée chez lui que par la passion pour le sexe des femmes, il se décida à dégager ses oreilles et à ouvrir l'œil gauche, gardant l'autre clos à cause d'un grain de sable qui s'était introduit sous la paupière supérieure. Il n'entendit que le clapotis de l'eau. Une reptation prudente lui donna vue sur la mer. Le canot retournait au sous-marin. Les pagayeurs montèrent à bord tandis qu'une équipe de barbus halaient le canot sur le pont avant. Ils le dégonflèrent aussitôt et tous s'engouffrèrent dans le kiosque. Quelques secondes plus tard, après une nouvelle démonstration du vieillard qui agitait sa casquette blanche comme s'il venait de gagner la grande course de gommiers de Fond-Lahaye, le sous-marin s'enfonça dans la mer violette.

Au bord de l'eau, étendu sur une couverture, l'homme déposé par le canot avait assisté à l'immersion, appuyé sur les coudes. Il se laissa aller de tout son long et agita la tête comme un dormeur en proie à un cauchemar. Lui aussi était barbu. Un sac bleu cylindrique était posé d'aplomb près de ses pieds. Avec des gestes précautionneux, l'homme entreprit de pivoter pour se placer face à la terre. Il semblait souffrir. Des plaintes rauques lui échappaient. Il empestait terriblement. Rassuré par l'évidente faiblesse de l'inconnu, Double-Queue s'avança vers lui à quatre pattes. L'autre, le voyant surgir d'entre les gommiers, eut un sursaut de surprise effrayée, puis se reprit en découvrant la bonne tête du garçon qui souriait à tout hasard.

« Bonjour, monsieur, dit le barbu d'une voix faible. Je suis le lieutenant Klaus von La Rochelle et vous seriez très gentil d'aller chercher un médecin, car je ne vais pas bien. »

2

L'excitation compréhensible qui s'était emparée de lui et une capacité visuelle amoindrie par l'agaçant grain de sable firent que Double-Queue donna à l'étourdie dans un trio dominé par la haute stature d'Augustin, le mari de Philomène. Les trois hommes rentraient à bicyclette de leur travail de nuit à l'usine du Marin à l'heure où, d'ordinaire, Double-Queue jouissait sur la plage d'un sommeil réparateur. Augustin et Double-Queue s'étaient rencontrés en une seule et courte occasion qui, sans être absolument convaincante pour le mari, lui avait insinué assez de soupçon pour qu'il interdise à Double-Queue le territoire de la commune de Sainte-Anne.

La chasse s'organisa aussitôt, les deux acolytes d'Augustin opérant une manœuvre d'enveloppement par les ailes tandis qu'Augustin lui-même, aussi gros que grand, ce qui le mettait à la traîne, tenait le centre de la rue en vociférant. Double-Queue redoutait surtout l'acolyte de gauche, déjà parvenu à sa hauteur. Le rictus qui retroussait ses lèvres sur des dents peu nombreuses n'annonçait pas la bonne humeur. Le long des trottoirs, des commères riaient en se tapant sur les cuisses et les enfants applaudissaient. Double-Queue n'avait jamais couru aussi vite, mais il était maintenant encadré par les collègues d'Augustin qui l'observaient du coin de l'œil sans se risquer cependant à intervenir. Le plus inquiétant était que les vociférations augustiniennes se rapprochaient sans cesse. Selon Philomène, son mari se montrait horizontalement peu convaincant, mais, planté sur ses jambes épaisses comme des troncs de palmier, il était capable de porter un sac de cent kilos de sucre sur chaque épaule. Un péril si extrême détermina Double-Queue à chercher asile en un lieu qu'il évitait d'ordinaire avec le plus grand soin : la gendarmerie, dont l'adjudant Saramon déverrouillait précisément la porte au moment où le coureur flanqué des deux cyclistes passait devant. Double-Queue opéra un brusque virage à gauche, déséquilibra au passage l'acolyte au rictus qui manqua de s'étaler dans la poussière, et se rua sur la porte. Le premier réflexe de Saramon fut de la claquer à la gueule de l'énergumène, mais, n'étant point sot, il comprit en un éclair que le panneau ne résisterait pas au choc et, interrompant aussitôt son premier mouvement, il ouvrit au contraire la porte toute grande, de sorte que Double-Queue, emporté par son élan, termina sa course en percutant avec violence contre le comptoir derrière lequel la maréchaussée recevait les doléances de la population.

« On dirait qu'il a forcé sur le décollage », constata l'épouse de l'adjudant qui, une fesse posée sur le bureau de celui-ci, buvait son café matinal.

Saramon considérait d'un œil noir les trois cyclistes qui avaient mis pied à terre devant la gendarmerie.

« Qu'est-ce que vous foutez là, vous autres ? aboya-t-il. Vous voulez ma photo ?

– On est dans la rue, on a encore bien le droit, non ? » rétorqua Augustin.

Depuis la nomination de l'amiral Robert aux fonctions de haut-commissaire et l'arrivée, à l'été 1940, d'une puissante escadre et de ses milliers de marins, les Blancs se sentaient plus blancs et les Noirs, nettement plus foncés. Placés à la tête de l'administration, des services d'information et de sécurité, des organisations de jeunesse, des associations sportives, voire des communes, les officiers de marine encadraient tout et s'employaient à mettre en œuvre dans l'île la Révolution nationale prônée par Vichy. Chaque fonctionnaire d'autorité, fût-ce à un très modeste niveau, avait consigne de faire respecter ce que l'entourage de l'amiral appelait le « principe du chef ».

« Dégagez de là ! » trancha Saramon en fermant la porte. Il n'avait sur lui qu'un caleçon kaki et éprouvait que son ascendant s'en trouvait amoindri. Il se tourna vers Double-Queue qui massait son épaule endolorie. « Et toi, l'abruti, d'où tu sors ?

– J'allais chercher un médecin. Le barbu qui est arrivé en sous-marin demande un médecin. »

Saramon échangea un regard avec sa femme. Il s'approcha de Double-Queue en grattant l'épaisse broussaille qui matelassait son torse où perlaient déjà des gouttes de sueur, pinça entre le pouce et l'index le nez du garçon, ce qui amena celui-ci à ouvrir la bouche, et huma l'haleine exhalée.

« Il n'a pourtant pas bu, concéda-t-il à regret.

– Il se sera échappé du quartier spécial, suggéra sa femme. Téléphone au directeur. »

D'un froncement de sourcil, Saramon intima à son épouse de rectifier sa position. C'était pour lui un souci permanent. Trois ans à la colonie et la Lucette, dont aucun Clermontois ne pouvait se vanter d'avoir aperçu les jarretelles, montrait sa culotte avec insouciance. Ce matin-là, elle avait enfilé une robe de chambre en coton qui empaquetait mal ses chairs exubérantes.

« Chef, je vous jure que je ne suis pas fou, assura Double-Queue, consterné par la perspective d'un enfermement au quartier spécial. Allez seulement à la plage, c'est là que le barbu attend son médecin.

– Tu n'es peut-être pas fou, dit Saramon d'un ton posé et en plissant les yeux, mais tu serais bien celui qu'on appelle Double-Queue, le lascar qui grimpe la Philomène à l'Augustin, et ce serait peut-être bien pour ça que tu cavalais devant Augustin comme si tu avais le feu au cul... »

Double-Queue admira une fois de plus la sûreté de l'information de la gendarmerie. Ces gens-là savaient tout.

« Qu'est-ce qu'il tient à la main ? » s'informa Lucette.

Les regards de l'adjudant et de Double-Queue convergèrent sur le rectangle de papier dont le garçon avait complètement oublié l'existence.

« Qu'est-ce que tu tiens à la main ? reprit Saramon.

– C'est le barbu qui me l'a donné. »

Saramon prit le papier, le déplia et lut. Quand il en eut fini, il se passa la paume sur le front et murmura d'une voix défaite :

« Nom de Dieu, il fallait que ça tombe sur moi. »

3

« Passe-moi le colonel ! hurla Saramon dans le combiné. Comment, il n'est pas là ? Il est où ?... Bon, d'accord... » Il éloigna l'appareil de sa bouche et chuchota à Lucette : « En tournée à Saint-Pierre. Injoignable. Je vais encore avoir droit à sa secrétaire. Je peux pas la blairer, la Marie-Rose...

– Reste calme et sois aimable », conseilla Lucette.

Elle n'aimait que l'Auvergne et s'était résignée de mauvais gré à un exil colonial propice à la carrière de son mari. Leur séjour à la Martinique devait durer trois ans. La guerre les y piégeait pour une durée indéterminée. Lucette bornait désormais ses espérances à une mutation qui les rapprocherait de Fort-de-France. Or nul n'ignorait dans la maréchaussée martiniquaise l'influence exercée sur le colonel Berthout-Midroit par Marie-Rose, sémillante mulâtresse, pour des raisons qui n'avaient rien à voir avec le principe du chef.

« Bonjour, mademoiselle Marie-Rose, entama l'adjudant d'un ton amène. Ici Saramon, de Sainte-Anne. Figurez-vous qu'il nous arrive un drôle de truc. Un sous-marin allemand a débarqué un malade sur la plage... Écoutez-moi, bon Dieu !... Je vous dicte la lettre remise par le malade. Vous la faites porter au colonel par estafette... Mais je ne vous donne pas d'ordre, mademoiselle Marie-Rose... Mais pas du tout, mademoiselle Marie-Rose... Bien sûr que je respecte votre dignité de femme... »

Épelant avec lenteur et force mimiques exaspérées les mots étrangers qu'il avait lui-même du mal à déchiffrer, incapable d'éviter l'écueil d'une aigre querelle à propos du tréma, que mademoiselle Marie-Rose semblait ignorer alors qu'elle était titulaire, comme elle le rappela vertement, du brevet élémentaire tandis que l'adjudant ne possédait que le certificat d'études, perdant beaucoup de temps à répéter que le nom inscrit sur le papier était bien La Rochelle, ce que son interlocutrice contestait au motif qu'elle connaissait par cœur la liste des chefs-lieux de départements français et qu'elle ne voyait pas pourquoi un officier allemand s'appellerait Angoulême ou Châlons-sur-Marne, l'adjudant Saramon, son regard naviguant entre le papier et les gestes d'apaisement que multipliait sa femme, dicta la lettre reçue par Double-Queue des mains du barbu :

« Le Kapitänleutnant Audermann aux autorités françaises de l'île Martinique :

« Je vous confie l'Oberleutnant von La Rochelle qui souffre probablement d'une appendicite dépassant les compétences de mon infirmier de bord. Je compte que vous prendrez en charge l'Oberleutnant von La Rochelle et que vous lui dispenserez les soins que son état exige. L'État-Major de la Kriegsmarine du Reich est informé de la situation et examinera avec la plus grande attention la suite que vous lui donnerez.

Heil Hitler ! »

Au terme de cette conversation épuisante, Saramon raccrocha et essuya son front trempé de sueur.

« Je suis couvert, soupira-t-il. On va attendre les instructions du colonel.

– Excusez-moi, chef, risqua Double-Queue qui se triturait la paupière droite, mais vaudrait mieux pas trop attendre pour le médecin, parce que le barbu, il avait plutôt l'air d'un qui va claboter...

– Toi, fous-moi la paix ! Après tout, ce n'est jamais qu'un Boche. Tu ne peux pas comprendre.

– N'empêche que l'état-major de je ne sais quoi s'intéresse à lui, objecta Lucette. S'il passe l'arme à gauche, on pourrait bien s'intéresser à toi...

– Je n'ai pas dit que j'allais laisser un être humain crever comme un bestiau, protesta Saramon. Vous permettrez quand même que je me mette en uniforme avant d'aller chercher le coolie... »

Il s'engagea d'un pas leste dans l'escalier menant à son logement.

« Arrête de te tripoter l'œil, c'est agaçant, dit Lucette.

– J'ai un grain de sable qui me fait pleurer.

– Viens par ici. »

Elle prit une feuille de papier vierge sur le bureau, la roula en cornet et demanda :

« En haut ou en bas ?

– En haut.

– Regarde en bas. »

Elle retroussa délicatement la paupière et approcha de l'œil la pointe du cornet.

« Ne bouge pas. »

Double-Queue se savait incapable de réduire la totalité de son corps à l'immobilité. Sa situation lui interdisait toute initiative susceptible de rompre la précaire harmonie établie avec l'adjudant, car il se doutait bien qu'Augustin et ses acolytes restaient en embuscade, mais il connaissait de longue expérience sa vulnérabilité. Il bloqua sa respiration pour se préserver de la troublante odeur de lit mêlée à des fragrances familières qui montait vers lui, et, quand une masse tiède pesa contre son bas-ventre, chercha assistance auprès du maréchal Pétain, dont le portrait en couleurs était accroché au-dessus du bureau et qui le fixait d'un sévère regard bleu, mais ces précautions ne l'empêchèrent pas de s'émouvoir et Lucette se fit plus lourde contre lui. Le grain de sable avait été expulsé du premier coup.

« Ça y est ? murmura-t-elle.

– Oui », répondit-il sans trop savoir à quoi elle faisait allusion.

Un bruit de pas dans l'escalier les sépara. Ce n'était que le maréchal des logis Sablet, l'adjoint de Saramon, impeccable dans sa chemise et son short kaki, les chaussettes beiges tirées jusqu'aux genoux, le menton rasé de près et la moustache blonde exactement taillée.

« Bonjour, Lucette. Qui c'est celui-là ? demanda-t-il en regardant Double-Queue.

– Un homme », répondit Lucette.

4

Dans la subtile et rigoureuse hiérarchie du mépris qui régissait la société martiniquaise, le docteur Narlikar, comme tous les descendants des coolies indiens immigrés au siècle précédent, occupait le dernier rang. De là, sans doute, l'expression renfrognée qui enlaidissait un visage pourtant séduisant, avec un nez aquilin, des pommettes haut placées, une bouche agréablement dessinée et une épaisse chevelure de jais qui allait bien avec son teint cuivré. En dépit de ses succès professionnels et d'une existence familiale harmonieuse, le docteur Narlikar arborait en permanence la mine offusquée d'un homme à qui la vie n'arrête pas de marcher sur le pied sans jamais s'excuser.

Le petit groupe déboucha sur la plage. Le docteur et Saramon précédaient Sablet et Double-Queue, Augustin et ses acolytes suivant à distance respectueuse, leur vélo à la main. Une douzaine de personnes s'étaient rassemblées autour du malade, les unes se pinçant le nez, les autres pressant contre leurs narines un foulard. On s'écarta en voyant apparaître les autorités.

« Putain, qu'est-ce qu'il emboucane ! fit observer Sablet avec une moue de dégoût.

– Mais il est pas malade, ton barbu, lança Saramon à Double-Queue, il est clamsé !

– Il l'était toujours pas quand je l'ai quitté. »

La couverture sur laquelle avait été étendu le malade recouvrait à présent son corps. Une grosse femme s'adressa à Double-Queue en créole.

« Qu'est-ce qu'elle raconte ? s'enquit Saramon.

– Elle dit que c'est elle qui lui a mis la couverture dessus. Il avait glissé à côté et le soleil lui faisait mal. »

Le docteur était déjà accroupi et écartait la couverture. L'oberleutnant von La Rochelle n'avait pas bonne apparence. Sous la barbe franchement dégueulasse, luisante de cambouis ou de quelque autre saloperie, le teint était d'une rougeur malsaine. Son regard flou errait comme s'il avait du mal à accommoder. Il semblait respirer avec difficulté. Double-Queue, étonné, remarqua que l'entrejambes de son pantalon bleu présentait une protubérance assez remarquable pour faire de lui un rival, mais lorsque Narlikar eut dénoué la ceinture et ouvert le pantalon, un paquet de pansements souillés de sang apparut. Le docteur frappa de l'index replié sur le ventre gonflé. Cela résonna comme du bois. La grosse femme lança une phrase en créole et joignit les mains. Les yeux clos, Narlikar chercha le pouls du malade. Il se releva enfin et dit en regardant la petite baie de Sainte-Anne où le soleil allumait une ébouriffante palette de couleurs :

« Cet homme est en train de mourir d'une péritonite. Il faut le transporter d'urgence à l'hôpital.

– Soignez-le toujours un peu, suggéra Saramon, qu'on ne puisse pas dire qu'on n'a rien fait.

– Vous ne m'avez pas entendu ? L'hôpital, de toute urgence. »

Les deux gendarmes échangèrent un regard soucieux.

« On pourrait le refiler aux chie-dans-l'eau, proposa Saramon.

– Normal, puisque c'en est un », approuva Sablet.

Dans l'armée française, le terme générique de chie-dans-l'eau désignait les marins.

« Qu'est-ce qui lui prend, à celui-là ? » s'étonna Sablet.

Profitant de l'émotion générale, Double-Queue sprintait en direction des Salines. Il savait que le sable de la plage ne serait pas favorable aux vélos.

Deuxième partie

5

De ses premiers jours à la Martinique, La Rochelle ne devait conserver qu'un souvenir kaléïdoscopique, des éclats d'images, des visions bizarres dont il n'aurait su dire si elles correspondaient à une réalité ou si elles naissaient des délires de la fièvre.

Il se souvenait d'une succession de visages blancs ou noirs penchés sur lui, le nez froncé. Il se rappelait aussi que des officiers de marine français l'avaient examiné avec la même curiosité circonspecte – et cela, il était certain de ne pas l'avoir rêvé car les uniformes étaient nettement inscrits dans sa mémoire. Les uns après les autres, des officiers de plus en plus galonnés secouaient la tête en signe de dénégation. L'ambulance était repartie sur des chaussées cabossées et chaque secousse lui plongeait un poignard dans les entrailles. Il ne pouvait pas davantage douter de la réalité de la vague d'éther qui l'avait submergé.

Abominable impression d'asphyxie. Il s'enfonçait comme un sous-marin hors de contrôle coule vers les abîmes. Ses souffrances se faisaient si lancinantes que la mort lui était bienvenue. Il s'était efforcé de penser à sa mère, mais avait été incapable de se remémorer son visage.

Ensuite, c'était le chaos. Des rêves, des cauchemars et de nouveau la douleur. Un rat lui grignotait le flanc droit. Son corps brûlait. Il avait soif. Excréments et urine s'échappaient de lui. Des mains blanches ou noires le manipulaient. En entendant des voix parler une langue inconnue, il se demanda dans quel pays on l'avait transporté. L'air qu'il respirait lui paraissait vicié. C'était lourd, épais, suffocant. Quand il lui arrivait d'émerger du magma incohérent où le plongeait la fièvre, tant de questions l'assaillaient, aussi énigmatiques qu'épuisantes, qu'il se hâtait de retourner à la bienheureuse inconscience.

Un matin, il se réveilla avec le sentiment d'être enfin réinstallé dans son corps.

Une voix rauque constatait :

« On dirait bien que notre petit trou du cul de nazi a finalement décidé de rester parmi nous. »

C'était un gros homme d'une cinquantaine d'années, les oreilles décollées, les yeux marron à fleur de tête, un cigare dépenaillé fiché entre les dents. Il était vêtu d'une blouse blanche à manches courtes à laquelle manquaient des boutons, de sorte que son ventre nu pointait entre les deux pans. La ceinture élastique d'un slip beige apparaissait sous la bedaine. Sa peau rose était absolument dénuée de poils, même sur les jambes, ce qui le faisait ressembler à un énorme bébé en Celluloïd. Il étudiait une feuille de température.

« Monsieur, dit La Rochelle en s'efforçant d'affermir sa voix, si je n'étais pas dans l'état qui est le mien, vous me rendriez raison de votre insulte. »

Les yeux exorbités le fixèrent avec étonnement, puis la peau rose vira lentement au pourpre. La vieille négresse en tenue d'infirmière posa sa main sur l'avant-bras de l'homme en lui murmurant quelques mots d'apaisement dans ce langage inconnu de La Rochelle. Elle était grande et maigre, avec des cheveux gris fer coupés très court. En retrait, deux filles de salle à la peau violet foncé échangèrent un regard complice.

L'homme replaça la feuille de température dans le cadre accroché au pied du lit, empoigna à deux mains le barreau et se pencha vers La Rochelle. A considérer sa physionomie, on pouvait se demander s'il n'étreignait pas le barreau pour se retenir de frapper.

« Voyez-vous ça, commença-t-il de sa voix

rauque à la diction embarrassée car il continuait de mâchouiller son cigare, dont une colonne de cendre se détacha et tomba sur le drap. Ça nous arrive aussi puant qu'un baril de chiasse, crasseux à faire dégueuler une portée de pourceaux, avec entre les fesses des boulettes de merde vieilles d'au moins quinze jours, un vrai garde-manger pour scarabée bouvier, les oreilles embourbées à croire que ça chie par tous les trous, des champignons entre ses doigts de pied moisis, de la charcuterie boche qui pourrit tranquillement entre les dents, une haleine à assommer un buffle, mais – ô surprise, ô merveille de la nature indulgente envers ses pires déchets –, quand ce cloaque vivant, tout récemment encore subclaquant, ouvre la bouche, c'est pour nous sortir une phrase chantournée de petit marquis... La Rochelle, hein ? Von La Rochelle ? Les patates ne vous suffisent pas, vous nous piquez même nos noms...

– Nos noms, monsieur, nous les avons emportés avec nous quand vous nous avez contraints à émigrer pour échapper à vos gibets et à vos galères ! »

Le gros homme prit vivement son cigare entre le pouce et l'index, éternua si fort qu'il fit sursauter La Rochelle, et continua de tousser en crachotant des débris de tabac tandis que la vieille infirmière lui tapait dans le dos. Il alla à la fenêtre, l'ouvrit, jeta son mégot dehors et fit demi-tour en laissant la fenêtre ouverte.

« Appendice rétrocaecal, dit-il à La Rochelle. Ça veut dire planqué derrière le caecum. Le caecum, c'est un bout du gros intestin. Vous ne pouvez pas en vouloir à votre infirmier. Même un chirurgien n'aime pas trop, surtout les débutants. Faut trifouiller pour trouver. Votre gars, quand même, il vous a salement charcuté. Une vraie boucherie. Il opérait avec une lime à ongles ? Ne me répondez pas, j'ai autre chose à faire, figurez-vous, que de m'engueuler avec un gamin. Vous avez quel âge ?

– Vingt et un ans. »

Les deux filles poussèrent une exclamation stupéfaite. Même la vieille marqua de la surprise.

« On vous en donnerait facilement dix de plus. C'est la barbe qui vous vieillit. On va vous raser, en plus de vous avoir récuré, soigné, bientôt guéri. Qu'est-ce qu'on ne ferait pas pour l'ennemi héréditaire ! Bref, vous êtes arrivé assez mal en point. Votre capitaine-lieutenant – faudrait savoir : capitaine ou lieutenant ? –, bref, celui qui signe heil Hitler, eh bien il a beaucoup trop attendu pour vous débarquer. Infection galopante. Abdomen de bois.

Péritonite. Pour être honnête, faut avouer que l'appendicite, pas facile à diagnostiquer. Le cauchemar du généraliste. On pense souvent à une grosse constipation et le patient a vite fait de vous claquer entre les doigts. Vous vous êtes tapé du quarante de fièvre et même un peu plus. Ces charmantes jeunes filles qui sont derrière moi vous ont entendu radoter pendant trois jours et trois nuits, mais rassurez-vous, comme vous parliez en allemand, elles n'ont rien compris à ce que vous racontiez. Les secrets du Reich restent inviolés. Je vous ai placé un drain pour évacuer le pus. Désagréable, je sais, mais on devrait pouvoir le retirer bientôt. Vous réagissez bien. Il y a de la ressource. Quelque chose à ajouter ?

– Qui êtes-vous, monsieur ?

– Vous me promettez de ne pas me barboter mon nom ?

– Monsieur, je vous répète que...

– Antoine de Propiac, ancien interne des hôpitaux de Paris, chef du service chirurgical de l'hôpital civil de Fort-de-France où vous avez échoué, puisque les marins de Pétain vous ont claqué la porte au nez. Merde, qu'est-ce qui lui prend ? »

La Rochelle tournait de l'œil. Propiac se précipita pour lui saisir le poignet gauche et vérifier le pouls.

La vieille infirmière fut plus fûtée. Elle alla à la fenêtre et la ferma, interrompant le flux de senteurs entêtantes qui montait des massifs de fleurs du jardin. La Rochelle récupéra rapidement ses esprits. La vieille infirmière dit une phrase dans cette langue hermétique qu'il avait déjà entendue pendant ses délires. Propiac et les deux filles éclatèrent de rire.

« Un vieux proverbe créole, expliqua le chirurgien : Le cochon ne supporte que l'odeur de sa soue. »

6

Tandis que l'infirmier le rasait avec des gestes précis et sûrs, raclant après chaque passage sur sa joue la lame du coupe-chou contre le rebord de la cuvette posée près de sa hanche, ce qui produisait un grincement exaspérant, La Rochelle regardait d'un œil inamical la demi-douzaine de filles venues comme au spectacle. Leur teint allait du caramel à l'ébène. Il avait l'impression d'être une bête curieuse. Un comble. Ces négresses se croyaient tout permis sous prétexte qu'elles l'avaient vu arriver dans un état repoussant. Il en avait plus que marre d'entendre ricaner sur sa puanteur. Oui, les sous-mariniers puent. Vous enfermez quarante-deux bonshommes dans un tube d'acier, ça cocotte forcément. Le pire : l'odeur de moisi. L'humidité pourrissait tout. Vêtements de cuir et chaussures verdissaient en quinze jours. Le pain, pourri au bout d'une semaine. On coupait les parties les plus moisies pour les tremper dans la soupe. Et les relents d'huile et de gasoil. La nourriture en était imprégnée. En immersion prolongée, la décomposition des déchets de cuisine dégageait une puanteur insoutenable. Les odeurs humaines, curieusement, on cessait vite de les sentir. Y compris les pets pestilentiels favorisés par les conserves et les féculents qui composaient l'essentiel des repas. Ça n'arrêtait pas. Un vrai tir de barrage. On organisait des concours. La Rochelle avait eu du mal à s'y faire. Cela ne correspondait pas à l'idée qu'il s'était formée de la guerre. Cette promiscuité, ces visages blêmes bouffés par des barbes hirsutes, cet enduit de crasse qui bouchait les pores et donnait des furoncles... Il avait regretté un moment de ne pas avoir choisi l'aviation. Un pilote de chasse monte dans son Messerschmitt propre et rasé de près, et en redescend, s'il a eu de la chance, pour prendre une douche et aller s'asseoir au mess à côté de camarades qui, lâchant par inadvertance un pet discret, s'en excusent aussitôt. Regrets futiles : un La Rochelle était de tradition voué à la mer.

Se laver ? Pour les longues missions sur la côte américaine, les réservoirs destinés à l'eau de lavage étaient remplis de gasoil. Sans parler des torpilles supplémentaires arrimées sous les couchettes. On se cognait sans arrêt contre des caisses de vivres et de munitions. Quelques mois plus tôt, c'était encore le paradis. L'U-Boot 138 faisait tranquillement surface et les hommes montaient par roulement prendre le soleil sur le pont et plonger dans l'eau tiède. Depuis la mise au point par l'ennemi de son diabolique appareil de détection, une croix sur ces bonheurs. Le Vieux affirmait qu'un avion pouvait désormais les repérer à plus de cent kilomètres. Il vous arrivait dessus dans le soleil et piquait comme un vautour sur une charogne. Plus question de barboter dans la mer délicieuse. La nuit n'y changeait rien. Les avions étaient équipés de projecteurs qu'ils allumaient en déboulant sur l'objectif. Son vieux copain Karl Schneider, qui naviguait sur l'U-Boot 220, lui avait raconté à Lorient qu'un commandant, surpris par une attaque aérienne, avait ordonné la plongée en laissant une dizaine d'hommes à poil dans l'eau. On ne les avait jamais revus. La Rochelle ne pouvait pas le croire. Il n'imaginait pas le Vieux abandonnant une partie de ses gens. « Tu rêves, s'était étonné Karl. Le foutu bateau est plus important que tout son équipage réuni. » Comment le nier ?

Ce qui le mortifiait le plus, c'étaient les boulettes de merde trouvées entre ses fesses. Il se demanda laquelle des filles avait eu la tâche de le nettoyer. Mais non, il préférait ne pas savoir. Qu'est-ce qu'elles s'imaginaient ? Qu'ils avaient la flemme de se torcher ? En immersion, avec les torpilleurs ennemis croisant à trente mètres au-dessus du bateau, il fallait verrouiller le trou de son cul pour contenir l'envie de chier. Impossible d'utiliser les chiottes et la pompe manuelle qui évacuait la merde : les étrons, remontant à la surface, auraient trahi la présence du 138. « Offre ta souffrance à la patrie », conseillait sobrement le Vieux quand il voyait un type se tortiller, les mains sur le bas-ventre.

Un équipage de nègres. En dépit de sa mauvaise humeur, l'idée le fit sourire. L'intendance, prévoyante, leur fournissait des slips noirs pour éviter les taches jaunes devant et marron derrière. Des nègres auraient toujours l'air propre. Bien sûr, ça ne supprimerait pas l'odeur. Il reprit sans tarder sa mine revêche car les filles de salle, croyant à un signal de sympathie, lui souriaient en retour. L'une d'elles prononça une phrase en créole, approuvée par les autres. L'infirmier arrêta son coupe-chou et, plaçant l'index droit sous le menton de La Rochelle, lui releva un peu la tête comme pour la mettre en valeur.

« Elles te trouvent joli garçon », traduisit-il.

Les filles piaillèrent et accablèrent l'homme d'une volée de mots qui devaient lui reprocher sa trahison.

Mais leurs yeux pétillants de gaieté démentaient les mimiques courroucées.

« Tu me dis celle que tu préfères, ajouta l'infirmier, et je t'arrange le coup. »

Les filles filèrent par la porte en pouffant. Leurs derrières bougeaient d'une manière que La Rochelle n'avait encore connue à aucun postérieur. Celle qui arriva la dernière à la porte se retourna et lui décocha une œillade.

La Rochelle se sentait cramoisi. L'incroyable familiarité de ce nègre. L'effronterie de ces filles.

« Et voilà, dit l'infirmier en refermant le coupe-chou. Propre comme un sous neuf. »

Il prit la serviette posée sur le lit et essuya le visage de La Rochelle.

« Je vais te chercher une glace pour que tu voies un beau gosse.

– Je ne perds pas mon temps à me regarder dans les miroirs, répondit sèchement La Rochelle. Et laissez-moi, je vous prie. Je suis fatigué. »

L'infirmier le considéra avec bienveillance et lui tapota la joue. Il portait une bonne cinquantaine d'années. Des touffes blanches enneigeaient sa chevelure crépue et des rides profondes creusaient son front.

« C'est normal, garçon. Roupille un coup. Il n'y

a rien de mieux qu'un bon roupillon pour se refaire la cerise. »

Il sortit de la chambre en emportant la bassine. La Rochelle était trop furieux pour lui demander ce que signifiait cette histoire de cerise. Un Allemand, un officier de marine du Reich, traité de la sorte par des nègres... Il n'en revenait pas. C'était inouï, ahurissant, inacceptable. Il en parlerait au chirurgien. Il exigerait son transfert chez les marins français. Ceux-là devaient quand même respecter la race et les épaulettes.

Son drain lui faisait mal. Il sentait remonter la fièvre. Se calmer, évacuer la colère. En même temps, envie de pleurer. La mort, il l'avait acceptée d'avance. Une blessure aurait signifié la croix de fer épinglée sur sa poitrine par l'amiral Dönitz. Mais se faire mettre hors de combat par une putain d'appendicite, c'était franchement trop con.

7

On l'avait installé dans une nouvelle chambre. Il n'en avait jamais vu de semblable. Côté jardin, la moitié supérieure du mur était à claire-voie, avec des lamelles de bois laissant passer le jour en même temps que les violentes senteurs qui continuaient de l'incommoder. Au centre du mur, des lignes verticales coupaient la géométrie horizontale des lamelles en dessinant une fenêtre dont la poignée, sans doute endommagée, était emmaillotée de ficelle. Le courant d'air circulant en permanence entre l'extérieur et la porte laissée ouverte atténuait la touffeur ambiante.

La tombée de la nuit le stupéfia. Il savait déjà la brièveté brutale des crépuscules tropicaux. Dans le kiosque du 138 enveloppé par l'obscurité chaude et cordiale, on n'entendait plus que le ronronnement des diesels et le bruit de soie déchirée produit par l'étrave. Ici, comme au signal d'un chef d'orchestre invisible, l'irruption des ténèbres déclencha un concert de grincements, crissements et couinements désaccordés. On eût dit qu'une scierie géante s'était soudain mise en marche. La Rochelle détestait les insectes. Sur ce fond sonore aigu éclataient les appels de créatures inconnues. Des coassements évoquaient d'énormes crapauds. Parfois, un cri d'agonie ou de plaisir ponctuait une longue suite de râles. La nuit haletait. Elle existait puissamment à travers cette cacophonie, alors que chez lui, en Allemagne, elle n'était que silence et absence – un temps mort.

Il se sentait mal à l'aise, presque angoissé. Il s'en voulut d'allumer sa lampe de chevet, tel un enfant qui a peur du noir.

Un clapotement sur les lamelles de bois. Une boule grise apparut, puis deux petits yeux rouges le fixèrent. Un rat. La Rochelle se redressa trop brutalement et la douleur au flanc droit lui arracha une plainte. Le rat disparut. Il revint bientôt, accompagné d'un autre rat, comme s'il était allé le chercher pour lui présenter le nouvel occupant de la chambre. La Rochelle n'en croyait pas ses yeux. Les rats lui répugnaient encore plus que les araignées. Il poussa un coup de gueule. Une fille accourut, jeune, avec des jambes interminables. Il n'aurait pu dire s'il l'avait déjà vue. Toutes ces négresses se ressemblaient. Quand même, il aurait remarqué les jambes.

« Des rats, dit La Rochelle en pointant le doigt sur les lamelles de bois. J'ai vu des rats, là...

– Oui », dit la fille.

Elle avait la bouche ouverte et l'air idiot.

« Vous me comprenez ? s'inquiéta La Rochelle.

– Oui. »

Elle lissait machinalement sa blouse blanche sur ses hanches.

« Mais ce n'est pas normal ! Je n'ai jamais vu ça !

– Vous n'aviez encore jamais vu de rats ? demanda la fille, soudain intéressée.

– Pas dans un hôpital. C'est dégoûtant, un rat.

– Moins que certains hommes. »

Voilà que ça recommençait.

« Je voudrais retourner dans mon ancienne chambre.

– Elle est prise. Vous êtes mieux ici, vous savez, c'est moins chaud.

– Je préfère la chaleur aux rats. »

Elle s'avança, rafla au passage la serviette suspendue au barreau fiché dans le mur, près du lavabo, s'assit au bord du lit et essuya le visage moite de La Rochelle.

« Il ne faut pas avoir peur, murmura-t-elle. Ils

ne vous feront aucun mal. Ils sont curieux, mais pas méchants. »

Ses gestes étaient doux, presque caressants. Elle lui parlait comme à un enfant sortant pantelant d'un cauchemar et qu'on s'efforce d'apaiser. La Rochelle devait admettre que son odeur musquée lui plaisait.

« Je vais chercher une tisane-là pour vous, dit-elle en se levant. Elle vous aidera à vous endormir. »

Mais elle ne revint pas.

8

Il avait dû somnoler car l'infirmier qui l'avait rasé fut tout à coup devant lui sans qu'il l'eût vu ni entendu entrer. La chambre n'était éclairée que par la chétive clarté lunaire que laissaient passer les lamelles. Dehors, le concert avait beaucoup réduit de volume. Alerté par des piqûres sur les bras, La Rochelle avait éteint sa lampe de chevet. Aucun vrombrissement de moustique n'était pourtant perceptible.

« Je te réveille ? demanda l'infirmier.

– Non, je m'étais assoupi, mais je n'arrive pas à dormir vraiment. »

A la stupeur de La Rochelle, l'homme commença à chanter *Schlaf, Kindlein, Schlaf !* Une vieille berceuse médiévale que tous les petits enfants d'Allemagne apprenaient à l'école. Son accent était épouvantable.

« Vous parlez allemand ?

– J'ai tout oublié. Il y a si longtemps... Bientôt vingt ans. Mais je me rappelle la chanson : "Ta mère, assise dans le jardin des roses, prend soin des petits enfants."

– Où avez-vous appris l'allemand ?

– En Allemagne, garçon ! dit l'infirmier comme s'il s'adressait à un demeuré. C'est plus commode qu'ailleurs, non ? »

Il alla prendre l'unique chaise de la chambre, la tira près du lit et s'assit. Il était si proche de La Rochelle que celui-ci perçut dans son haleine une odeur de rhum.

« J'ai fini la guerre sergent-infirmier. J'aimais assez bien l'armée. J'y suis resté. En 1923, on nous a envoyés occuper la Rhénanie. Une histoire de gros sous. »

La Rochelle le regarda avec répulsion.

« Vous n'avez pas laissé de bons souvenirs », dit-il d'une voix âpre.

Il se rappelait les affiches de son enfance. Un nègre aux traits bestiaux surgissait de l'ombre pour se jeter sur une blonde et pâle jeune fille terrorisée.

« Ça dépend à qui, dit l'infirmier. Gerda, je suis sûr qu'elle pense toujours à moi. On s'entendait bien. C'est sa petite Käthe qui chantait la chanson. Une gamine de sept ans. Elle était gentille comme tout.

– Vous avez couché avec une femme allemande ?

– Avec plusieurs, mon ami, mais Gerda c'était différent.

– Une prostituée comme les autres.

– Tu es fou ! s'exclama l'infirmier, indigné. Gerda, putain ? Son père était... Comment appelle-t-on les curés, chez vous ?

– Pasteur.

– Voilà. Elle était couturière. Une très bonne couturière. Son mari s'est fait tuer en 1918. Il lui a fait sa Käthe pendant sa dernière permission.

– Je ne vous crois pas.

– Tu avais quel âge en 1923 ?

– Deux ans. Mais on m'a raconté.

– On t'a raconté des menteries.

– C'est vous qui mentez. Vous ne me ferez pas croire qu'une Allemande normale a couché avec vous.

– Parce que je suis français ? »

Le vieux bonhomme se moquait-il de lui ? La Rochelle ne l'aurait pas juré. Il avait l'air sincère.

« La guerre était finie, garçon. Je te l'ai dit, cette occupation, c'était rien qu'une histoire de gros sous. Les réparations, on appelait ça. Vous étiez en retard. On venait juste vous tirer les oreilles. Les réparations, tu parles si ma Gerda s'en foutait !...

– Qu'est-ce qu'elle cherchait en faisant ça avec vous ? »

L'infirmier secoua la tête avec un sourire sur ses lèvres épaisses.

« Tu ne connais pas les femmes. »

La Rochelle accusa le coup. Il n'avait fait que de rares et brèves incursions au pays des femmes, et son entraînement ne lui laissait pas le loisir de lire le récit de voyageurs mieux informés.

« La vie n'était pas drôle en Rhénanie, poursuivait l'autre. Je crois que Gerda m'aimait bien parce que je la faisais rire. Retiens bien ça : les femmes, tu les fais rire, c'est gagné.

– Il y a eu des viols, ne me dites pas le contraire.

– Évidemment qu'il y a eu des viols. Tu mets des femmes et des hommes ensemble, surtout des soldats, tu auras toujours des viols. Dans mon régiment, on a même fusillé un dégueulasse qui avait forcé deux petites de chez vous. Un type du Nord, de Lille ou de Roubaix, je ne me souviens plus.

– Je parlais des Sénégalais.

– Ah ! les Sénégalais, je ne peux pas dire, je ne connais pas. Il y en avait en Rhénanie, mais pas dans mon secteur.

– Tout de même, vous êtes bien comme eux...

– Comment ça ?

– Je veux dire que vous appartenez à la même race. »

Le visage du bonhomme exprimait un étonnement navré. Il alluma la lampe de chevet, posa l'index droit sur son avant-bras gauche, d'un marron très foncé, et regarda La Rochelle comme s'il n'y avait rien à ajouter.

« Je ne comprends pas...

– Les Sénégalais sont des nègres, dit l'infirmier en détachant les syllabes. Tu vois bien que je n'en suis pas un. »

Très bien. Le type était fou. Fou et saoul. C'était typique des Français de laisser les rats entrer dans un hôpital et d'engager des nègres alcooliques et timbrés.

« Je vous demande avec insistance de cesser de me tutoyer. Vous étiez sergent et je suis oberleutnant, ce qui correspondant dans l'armée française au grade de lieutenant. Je suppose que vous ne tutoyiez pas votre lieutenant ? »

Le bonhomme se leva en gloussant, se mit au garde-à-vous, claqua les talons, salua en portant la main à sa tempe, puis se pencha vers le placard de la table de nuit et en sortit un pistolet.

« Tu vas toujours me faire un petit pipi d'oberleutnant, ça m'évitera de repasser plus tard. »

Lorsqu'il eut enfin disparu, La Rochelle chercha

la position la plus commode et ferma les yeux. Il se sentait aussi épuisé qu'après un grenadage de trois heures. Une journée sinistre. Il détestait cette île, sa moiteur débilitante, ses nègres, ses insectes, ses rats. Des larmes mouillèrent ses joues. Il les laissa couler. Cela lui faisait du bien. La chanson de son enfance avait éveillé en lui une violente nostalgie. Non pas tant de l'Allemagne que du bateau. Le vieux fou ne pouvait pas le deviner, mais les équipages des U-Boote avaient baptisé « jardins des roses » les champs de mines sous-marines posées par les Anglais. Comme un enfant mis en pension combat son sentiment de déréliction du premier soir en évoquant les visages familiaux aimés, La Rochelle fit défiler sur l'écran de ses paupières closes les camarades du 138. Il s'endormit en arrivant au vingt-troisième, le cuisinier Thomas Schmidt, dont le visage poupin, avec ses cratères creusés par les furoncles assoupis ou encore en activité, évoquait une lune insalubre.

9

Cela se passa mal avec le chirurgien.

« Les marins français ? s'exclama Propiac de sa voix de papier de verre. Mais qu'est-ce que vous croyez, mon petit vieux ? Ici, tout est français ! Moi, le personnel soignant, les malades, le chien que vous entendez aboyer, les yin-yin qui vous ont piqué les bras, oui, arrêtez de vous gratouiller, on va vous donner de la citronnelle, les yin-yin c'est des moustiques si petits qu'on ne les voit pas, mais ça pique, nom de Dieu, ça pique, surtout les peaux de blondinet pâlichon comme la vôtre, bref, tout ça français pur sucre, oui, même l'amiral Robert est français, figurez-vous, et ne venez pas m'emmerder avec vos marins français qui vous auraient laissé crever la gueule ouverte et les doigts de pied en éventail plutôt que de se compromettre en vous accueillant dans leur minable hôpital Clarac... Maintenant, si vous ne vous trouvez pas bien chez nous, la porte est grande ouverte, hein, vous me signez une décharge, vous prenez vos cliques et vos claques et bien le bonjour à Adolf !... Voyons un peu ce drain. »

On aurait dit un comédien. Les tirades déclamées avec, coincé entre le pouce et l'index, le cigare décrivant des arabesques dans les airs, bedaine pointée, effets de voix, le teint passant du rose au violet, les yeux de plus en plus exorbités, et puis, tout soudain, changement à vue, le cabot laissait la place à un médecin attentif qui l'examinait minutieusement et l'informait sur son état sans jargonner.

« Monsieur de La Rochelle, je suis content de vous, dit Propiac en se redressant. On va vous enlever ce machin. Plus de pus, température décente, œil vif : vous voilà presque bon pour le service.

– Merci, docteur.

– Ne me remerciez pas. Serment d'Hippocrate. Soigner tous les souffrants. Votre Führer s'amènerait ici avec un pet de travers, je lui donnerais son purgatif comme au dernier des nègres de Gros-Morne. Gros-Morne, c'est un bourg où sont censés habiter les plus cons des Martiniquais. Naturellement, ce sont les autres qui le disent.

– Docteur, murmura La Rochelle, le visage

assombri, vous êtes grossier et vulgaire. Que diriez-vous si j'insultais le maréchal Pétain ? »

De nouveau le cabot. Les yeux suppliants, la bouche tordue, Propiac prit la main droite de La Rochelle dans les siennes.

« S'il vous plaît, allez-y. J'ai épuisé mon stock d'injures. Donnez-moi des idées. Même des insultes de chez vous feront l'affaire. Non ? Vous restez sec ? »

Une voix l'appela du couloir. Il tapota la main de La Rochelle et sortit de la chambre.

Ce type n'aurait pas parlé ainsi à Lorient. A Lorient, ça filait doux. Des Français soumis et respectueux. Ceux que La Rochelle rencontrait, en tout cas, et il devait reconnaître qu'ils n'étaient pas bien nombreux. A terre, les sous-mariniers vivaient en circuit fermé. Le commandement préférait. L'obsession des espions anglais. Jusqu'aux putains qui étaient soigneusement sélectionnées. Une confidence sur l'oreiller pouvait faire des dégâts. L'ennemi aurait payé cher la moindre information sur les grandes et petites astuces mises au point pour le combattre. La hantise ne datait pas de la guerre. Comme tous les candidats au grade d'aspirant, La Rochelle avait subi la torture à l'électricité. Sous l'œil d'une caméra qui enregistrait les réactions, il fallait saisir à pleines mains deux poignées dans lesquelles passait le courant. Le bruit circulait parmi ses camarades que le blanc d'œuf était le meilleur isolant. Il s'en était lui aussi enduit les mains, mais l'efficacité restait à démontrer. Il avait entendu des candidats hurler de douleur. Éliminés. Un sous-marinier allemand devait pouvoir résister aux tortures qu'on ne manquerait pas de lui infliger en cas de capture.

Propiac passa la tête par l'embrasure de la porte :

« Soyez tranquille, je vais transmettre votre requête à ces messieurs de la marine, je vais leur dire que l'oberleutnant von La Rochelle s'étonne que l'amiral Robert ne soit pas encore venu lui faire la bise. »

10

Se lever fut un bonheur ; se promener dans le jardin, un ravissement. Les couleurs éblouissaient ses yeux saturés de la grisaille du bateau. Il n'avait jamais vu ni même imaginé des fleurs aussi éclatantes. Elles rivalisaient pour porter à sa pointe ultime l'exubérance du coloris. Leurs parfums ne l'incommodaient plus. Assis sur son banc favori, près d'un épais buisson de fleurs d'un rouge flamboyant, il lui semblait que ses sens revivaient après des semaines d'anesthésie. Levant les yeux, il voyait des trombes d'eau s'abattre sur des montagnes lointaines et repartir aussitôt en buée. Cela lui rappelait l'image naïve de son livre d'écolier où les nuages dispensaient la pluie qui grossissait rivières et fleuves jusqu'à la mer dont l'évaporation fournissait un nouveau contingent de nuages. Ici, le cycle se déroulait comme un film projeté à l'accéléré. La nature tout entière proclamait une brutale urgence.

A l'hôpital, il ne voyait jamais personne marcher vite et encore moins courir. Hommes et femmes se mouvaient d'un pas languide. Il avait appris à ne pas s'énerver si un soin promis dans la minute lui était dispensé une heure plus tard. On avait le temps. Désertant l'humanité, l'énergie de l'île se concentrait dans sa flore et sa faune. Sous ces impénétrables feuillages, au plus touffu des arbustes en fleurs, les myriades de bestioles et d'insectes attendaient le coucher du soleil. Il ressentait toujours le même malaise lorsque la poigne irrésistible de la nuit se refermait sur l'île et que le paradis terrestre se transformait en jungle.

Ainsi La Rochelle reprenait-il du poil de la bête.

Propiac mis à part, ses relations avec le personnel de l'hôpital étaient bonnes. Le chirurgien ne passait d'ailleurs plus qu'en coup de vent, se contentant la plupart du temps d'un « Ça va ? » lancé depuis le seuil de la porte. Selon Bernardine, la négresse aux longues jambes, un camion transportant des coupeurs de canne avait versé dans un ravin et Propiac était sur la brèche pour réparer les os cassés.

Après son algarade avec Napo, La Rochelle prévoyait de sa part une franche hostilité. Rien de tel. La rancune semblait étrangère aux nègres. Deux filles de salle pouvaient s'engueuler si violemment en créole qu'il s'attendait presque à les voir en venir aux mains, et rire ensemble la minute suivante comme si de rien n'était. L'infirmier se prénommait Népomucène, d'où Népo, devenu Napo à cause de son évocation insistante de sa carrière militaire. Le lendemain de leur prise de bec, il était entré dans la chambre de La Rochelle en se livrant à une imitation désopilante de Propiac. Tout y était : le ventre avantageux, les moulinets des bras, la bouche mâchouillant un cigare imaginaire, les phrases débitées à la va-comme-je-te-pousse. Bernardine riait aux éclats. Là-dessus était entrée l'infirmière-chef, mademoiselle Jeannette, que ses cheveux gris coupés court, sa silhouette ascétique et sa position hiérarchique ne prédisposaient pas à la rigolade. Mais Napo avait redoublé de plus belle et, avec un hennissement joyeux, mademoiselle Jeannette s'était lancée à son tour dans une imitation du chirurgien, roulant des yeux, se dandinant si bien que son corps maigre donnait l'illusion de l'embonpoint, et lançant en créole des tirades qui devaient être puissamment comiques car Bernardine, pliée en deux de rire, croisaient ses jambes interminables et plaquait sans façon la main sur son entrejambes en criant d'une voix aiguë : « Arrêtez ! Je vais faire pipi dans ma culotte ! » Gagné quoi qu'il en eût par l'hilarité générale, La Rochelle avait ri au point d'en faire péter deux points de suture de sa cicatrice.

Napo avait bel et bien couché avec Gerda. Un soir, il avait apporté des photos. Déplaisantes images d'une Allemande un peu grassouillette enlaçant un nègre et posant amoureusement sa tête sur son épaule. Mais bon, c'était une femme. Les photos de la petite Käthe sur les genoux de Napo choquaient davantage La Rochelle. Une mignonne enfant aux cheveux de lin. Elle avait l'air de trouver cela tout à fait normal. Napo aussi. La Rochelle lui avait expliqué avec tact qu'une telle relation ne serait plus possible. La loi sanctionnait durement le crime contre la race. « Quelle race ? » avait demandé Napo, qui, s'il jouait la naïveté, se révélait aussi bon comédien qu'imitateur. La Rochelle n'avait pas insisté. C'était une chose de combattre pour la juste hégémonie de l'homme allemand, c'en était une autre d'expliquer les yeux dans les yeux à un nègre qu'il appartient à une race inférieure, surtout si le vieux fou nie l'évidence même de cette appartenance, avec le handicap supplémentaire que le bonhomme l'avait vu arriver dans un état répu nant et qu'il lui avait maintes fois placé le bassin sous les fesses. Tout en le déplorant, La Rochelle admettait volontiers que les conditions de son entrée à l'hôpital n'établissaient pas de manière spectaculaire la supériorité de la race aryenne.

Il s'interrogeait beaucoup sur les filles. Presque

toutes étaient noires, alors qu'il se souvenait d'avoir vu des infirmières blanches dans la salle d'opération, avant qu'on eût placé sur son visage le masque d'éther. Une provocation permanente, ces négresses. Leurs déhanchements, leurs œillades, leurs sourires enjôleurs. La plupart ne portaient qu'un soutien-gorge et une culotte sous leur blouse blanche. Pendant les soins, chaque geste pouvait être interprété comme une caresse. Quelle différence avec la froide efficacité du personnel féminin de l'hôpital militaire de Kiel ! Il y avait séjourné quinze jours avec quatre camarades du voilier-école *Horst Wessel*, intoxiqués comme lui par une boîte de conserve avariée. A Kiel, la langueur caressante n'était pas au programme. Il préférait. C'était plus sain, plus net. On avait affaire à des techniciennes se consacrant à remettre en état un outil humain endommagé. Un soldat du Reich. Il avait eu pourtant cette histoire avec une infirmière, Grit von Rahtgeber. Elle lui laissait un souvenir perplexe. Il n'avait rien fait pour la séduire. La doctoresse Manning les bassinait en leur répétant qu'ils auraient pu être frère et sœur. Franchement, la ressemblance ne sautait pas aux yeux. Oui, une blonde aux yeux bleus, mais, à ce compte, des centaines de milliers de jeunes Allemandes pouvaient être ses sœurs. La finesse des traits, insistait Manning, la texture de la peau, un certain air aristocratique confirmé par les noms et une même réserve dans le comportement. Toujours est-il que la réservée Grit était entrée une nuit dans sa chambre, avait rejeté la couverture et le drap, et l'avait branlé sans un mot jusqu'à complète éjaculation. Quand il avait risqué une main entre ses cuisses, elle l'avait brutalement repoussé. Son fiancé servait dans les SS avec le grade d'untersturmführer. Elle se gardait pour lui. Plus tard, elle confia à La Rochelle qu'elle ne supportait pas qu'un homme la touche et qu'elle appréhendait le moment où elle devrait s'abandonner à Gerhard. Elle était revenue chaque nuit, le branlant avec la même conviction, le regard fixé sur la photo de la mère de La Rochelle placée dans un cadre sur la table de nuit, ce qu'il trouvait gênant au point qu'il avait pris un soir la précaution de coucher le cadre, la photo contre le bois de la table, mais elle l'avait redressé sans qu'il osât protester. Elle affirmait vouloir le soulager d'une tension sexuelle nuisible à son rétablissement. De fait, il avait l'érection fréquente. Le jour de son départ, la poignée de main de Grit avait été ni plus ni moins chaleureuse que celle de ses collègues.

Le cul de Bernardine l'obsédait. Il s'épanouissait en haut des très longues jambes, globe parfait que mettait en valeur la cambrure des reins, à la fois dense et souple, comme animé d'une existence autonome dès qu'elle se mouvait. Elle le portait d'habitude en majesté, sachant qu'en lui résidait sa part de perfection, car ses jambes étaient trop minces et son torse bien frêle, mais elle pouvait aussi lui donner de la malice en communiquant à ses fesses une trémulation extraordinairement bandante.

Un matin, alors qu'assis sur la chaise il la regardait retaper son lit, il succomba. Le tissu de la blouse était tendu à craquer sur la croupe glorieuse. Il voyait jouer les muscles. Un sillon profond se creusait entre les deux hémisphères. L'odeur légère de la transpiration se mêlait à la senteur musquée qui lui avait plu dès leur première rencontre.

Quand il empauma ses fesses, Bernardine se retourna et lui délivra sur la joue droite une gifle aussitôt suivie d'une caresse du dos de la main sur la joue gauche.

11

Pimpant dans son uniforme blanc, pourvu d'un menton en galoche qui s'entendait mal avec un petit nez retroussé, l'officier entra d'un pas martial dans la chambre, un sourire sur les lèvres, et tendit la main à La Rochelle en disant :

« Capitaine de corvette Guerrec, détaché au cabinet du haut-commissaire, l'amiral Robert. L'amiral m'a chargé de vous transmettre ses vœux de complet rétablissement. Vous permettez ? »

Il tira la chaise près du lit, s'assit en croisant les jambes et lissa entre le pouce et l'index le pli de son pantalon. Il affichait une tonique quarantaine. De même qu'on noue le matin sa cravate, il semblait avoir accroché pour la journée le sourire rayonnant qui découvrait des dents un peu jaunes.

« Heureux de vous trouver en bonne forme, mon cher camarade. » Il passa la main devant ses yeux, comme pour chasser un insecte, et le sourire disparut. « Je crois qu'un homme dont le frère a été tué à Mers el-Kébir a le droit de vous appeler ainsi.

– Avec plaisir, répondit La Rochelle. Merci d'être venu, commandant. Vous serez aimable de remercier l'amiral de ma part. Mers el-Kébir ?... »

Le nom n'éveillait en lui aucun souvenir.

« 3 juillet 1940. Les Anglais ont ouvert le feu sur notre flotte qui refusait de se laisser désarmer par eux. Treize cents mort, dont mon pauvre frère Yann qui servait sur le *Provence*. Il laisse une veuve et deux orphelins. Une félonie qui ne sera jamais pardonnée. Londres craignait, paraît-il, que nos bâtiments passent sous votre contrôle. C'est faux. Les instructions de Vichy étaient très claires : se saborder plutôt que de laisser quiconque s'emparer des navires. Tel fut le comportement de nos soi-disant alliés.

– Je suis désolé. Permettez-moi de vous exprimer mes condoléances pour la disparition de monsieur votre frère.

– Pas une disparition : un assassinat. Vous parlez un français parfait.

– J'appartiens à une vieille famille huguenote qui a dû quitter la France après la révocation de l'édit de Nantes. Les premières générations de l'exil ont continué à pratiquer la langue dans l'espérance que la vraie foi finirait par triompher, et l'habitude s'est maintenue dans beaucoup de familles quand la perspective du retour a disparu. C'est le cas de la mienne.

– En quatre siècles, huit Guerrec sont tombés sous le feu de la marine anglaise. Nous ne comptons pas un seul mort des mains allemandes.

– Tant mieux.

– Inutile de vous préciser que mes camarades et moi ne versons pas une larme sur les dizaines de navires de Sa Majesté que vous envoyez par le fond. Vous faites un boulot splendide.

– Il devient difficile. De plus en plus difficile.

– Vous gagnerez. A la base, tout le monde parie sur vous.

– C'est gentil. »

Le type avait beau se montrer parfaitement amical, La Rochelle sentait monter en lui une petite irritation. C'est sur les chevaux de course qu'on parie. Mon cher camarade. Ces Français étaient incroyables.

« Les Anglais naviguent plutôt au nord, précisa-t-il plus sèchement qu'il ne l'aurait voulu. Ici, c'est surtout aux bateaux américains que nous nous attaquons.

– Ah, les Américains... », laissa tomber Guerrec d'un ton lourd de sous-entendus.

Il hochait doucement la tête, le front soudain

plissé de rides, l'air de porter le monde sur ses épaules. Il fixa longuement La Rochelle, comme s'il hésitait à lui confier un secret vital, puis se décida :

« Nous risquons de nous retrouver d'un jour à l'autre dans le même camp. »

La Rochelle écarquilla les yeux.

« La France va déclarer la guerre aux Alliés ? »

Il ne savait rien de l'évolution de la situation générale dans les dernières semaines.

« Pas la France, rectifia Guerrec. L'amiral Robert et sa flotte. Nous autres. Entendez-moi bien : il ne s'agit pas d'attaquer l'Amérique, l'amiral n'est pas fou, mais de nous défendre.

– Je ne comprends rien à ce que vous me racontez.

– C'est pourtant simple. Les Américains n'ont jamais admis une présence européenne dans les Antilles. Ça date de la doctrine de Monroe. Vous connaissez ? Non ? Tant pis. Ils multiplient les pressions depuis leur entrée en guerre. L'amiral s'est montré très conciliant, mais le ton des Yankees devient sans cesse plus agressif. Nous devons regarder la réalité en face : nous risquons à tout moment une attaque américaine. Ils veulent Fort-de-France, la meilleure base maritime des Antilles. Au-delà, le but est de nous virer de la Martinique. Nous ne nous laisserons pas faire.

– Vous vous battrez ? »

A la question de La Rochelle, qui trahissait beaucoup de scepticisme, Guerrec répondit par un regard blessé.

« Excusez-moi. Je ne mets pas en doute votre courage, croyez-le bien...

– Bien sûr que nous nous battrons ! Notre devoir est de défendre jusqu'à la mort la souveraineté de la France sur cette île. »

Des pas cadencés retentirent dans le couloir et un matelot apparut sur le seuil de la chambre. Il claqua des talons, salua et annonça avec un accent chantant :

« On va être en retard à l'hôtel de ville, commandant. »

Guerrec se leva d'un bond.

« Louis, mon chauffeur, ma conscience et surtout mon horloge. Je suis infoutu de me rappeler l'heure. » Il tendit la main à La Rochelle, qui la serra. « Au revoir, mon cher camarade, nous nous reverrons. »

Il voulut dégager sa main, mais La Rochelle ne relâcha pas son étreinte.

« Rien qu'une seconde. Je voudrais être transféré à l'hôpital militaire. »

Une onde de contrariété assombrit le visage de Guerrec.

« Nous en reparlerons, promit-il hâtivement. Cette visite n'était qu'une première prise de contact. Remplumez-vous ! Faites-vous du gras ! A bientôt... »

Sa réponse évasive n'améliora pas l'humeur de La Rochelle. Guerrec l'agaçait. Il ne savait pas pourquoi. Peut-être parce que son menton en galoche lui rappelait le stabsfeldwebel du *Horst Wessel*, qui les tyrannisait. Il ne croyait pas un mot de ses déclarations belliqueuses. Pourquoi des Français qui s'étaient si peu battus pour leur territoire national feraient-ils le sacrifice de leur vie pour conserver une petite île pleine de nègres ? Qui irait mourir pour Gros-Morne quand Paris n'avait même pas été défendu ? Depuis deux ans, à de rares exceptions près, les Français se cantonnaient dans le rôle de parieurs. Ils misaient sur la victoire des uns ou des autres. Le Führer avait raison : certains peuples ne méritaient plus de figurer sur la scène de l'histoire.

12

Les journées suivantes furent moroses.

La Rochelle passait le plus clair de son temps assis sur son banc, à l'ombre de l'arbuste aux fleurs flamboyantes. Là, à l'écart, on lui fichait la paix. Il savourait sa solitude. Ce qui lui pesait le plus, sur le bateau, c'était la promiscuité. Quarante-deux bonshommes à touche-touche vingt-quatre heures sur vingt-quatre. Il y avait de quoi devenir fou, jusqu'à donner envie de tuer. Les engagements avec l'ennemi ne représentaient qu'une part infime d'une mission. Les jours s'écoulaient, monotones et fastidieux. On tuait le temps en jouant aux cartes. Il n'avait jamais aimé les cartes. L'ambiance lourde tournait facilement à l'aigre. Des disputes éclataient. Il fallait séparer des types prêts à se mettre sur la gueule. Les routines et les tics de chaque membre de l'équipage devenaient vite exaspérants. L'obermart Böhm qui, à chaque réveil, se levait de sa couchette, plongeait la main dans son slip et se grattait la raie des fesses en déclarant immuablement : « Il va pleuvoir, j'ai le cul qui me pique. » Le gefreite Meier qui n'arrêtait pas de se curer le nez en examinant longuement ce qu'il en extrayait. Stoewer, ses chansons stupides et sa voix de fausset. Même le Vieux, avec sa manie de taper de l'index replié sur tous les tuyaux devant lesquels il passait. On ne voyait plus que les tics des autres. On attendait, les nerfs à vif, leur crispante répétition. L'annonce d'un objectif en vue venait comme une délivrance. Tout cela n'empêchait pas une vraie camaraderie. C'était compliqué.

La Rochelle s'en voulait beaucoup de son moment de faiblesse avec Bernardine. Un dérapage incompréhensible, indigne de lui. En plus, se faire gifler par une négresse. Il avait redouté un scandale, Propiac fou furieux et Napo ricanant sur les crimes contre la race, mais elle n'en avait apparemment parlé à personne et se conduisait avec lui comme si rien ne s'était passé. Le surlendemain matin, elle l'avait réveillé en lui apportant le plateau du petit déjeuner et, constatant l'érection qui soulevait le drap comme le mât d'une tente, lui avait décoché une pichenette sur le sexe avec un rire frais. Ces érections devenaient un réel problème. Bien sûr, elles étaient inévitables dans la mesure où il reprenait force et vigueur, mais il n'avait jamais autant bandé. Les épices devaient jouer un rôle. La nourriture était frugale, mais extraordinairement relevée. On lui avait servi un boudin surprenant qu'il avait d'abord recraché tant il lui emportait la bouche. Il avait fini par y prendre goût. Ces épices lui chauffaient le sang. Et puis les filles, leur odeur, la langueur avec laquelle elles bougeaient leurs corps moites, leurs frôlements dont on ne savait jamais s'ils étaient volontaires ou fortuits, leurs lèvres souvent épaisses et toujours entrouvertes, une facilité à se montrer qui n'était peut-être que de la nonchalance, allez savoir, n'empêche que l'avant-dernier bouton de la blouse de Marie-José n'était jamais boutonné et qu'il voyait, quand elle se penchait d'une certaine façon, les boucles noires et frisées qui débordaient de sa culotte trop exiguë.

De ce point de vue, son esseulement lui pesait. Assis sur son banc, avec pour la première fois depuis très longtemps le loisir de méditer en paix sur sa vie, il constatait que ses expériences sexuelles avaient bien rarement eu pour point de départ une initiative personnelle. Les concours de branlette avec les copains de classe pour savoir qui éjaculerait le plus loin. La descente en groupe au bordel de Kiel réservé à la marine et la grande fille aux yeux tristes qui l'avait débarrassé d'un pucelage devenu encombrant à dix-huit ans. Et encore des putains qu'on allait sauter le samedi soir après s'être saoulé à la bière dans les bars du port. Un rituel collectif. Il s'y prêtait sans réticence ni réelle envie. Au fond, ces histoires de cul ne le préoccupaient pas vraiment. « Il faut faire dégorger l'escargot », disait son ami Karl. Un transvasement hygiénique. Incontestablement, il se sentait mieux après.

Comme on conserve entre les deux pages d'un livre un trèfle à quatre feuilles lié à un souvenir heureux, La Rochelle gardait, dans un coin de son cœur, mémoire de sa romance avec Ilse Brunning, aussi brune qu'il était blond. Ils avaient tous deux dix-sept ans. La Rochelle était sûr de l'avoir aimée. « Ta danseuse de flamenco... », disait sa mère, qui ne l'appréciait pas. Pour La Rochelle, il était évident qu'ils se marieraient et auraient plein d'enfants. Ilse rêvait de devenir actrice. Elle avait rencontré à Berlin un cinéaste qui avait le double de son âge, un crâne dégarni et des jambes trop courtes, mais dont l'avenir était garanti par l'amitié que lui portait Goebbels. Le salaud l'avait plaquée au bout de six mois. Les Brunning habitaient à Hambourg une grande villa dans une rue parallèle à l'avenue des La Rochelle. A ce qu'on racontait dans le quartier, Ilse travaillait maintenant comme plieuse de parachutes. Il ne l'avait jamais revue. Une fois, alors qu'ils campaient en forêt avec une bande d'amis, ils avaient fait l'amour. C'était après l'initiation par la putain aux yeux tristes. Trop ému, il avait éjaculé avant de la pénétrer. Elle avait réagi en bonne camarade. Le lendemain matin, il avait remis ça et constaté avec étonnement qu'elle n'était pas vierge. Quelques semaines plus tard, elle rencontrait le metteur en scène.

Avait-il réellement souffert ? Oui, mais pas longtemps. Sa vie était bien trop pleine pour que la mélancolie y trouvât place. Les activités au sein des organisations de jeunesse du parti, l'entraînement harassant imposé aux futurs officiers. Il avait douze ans quand l'Allemagne avait porté Adolf Hitler à sa tête. Les années suivantes se résumaient à une enthousiaste et exténuante frénésie d'action. Les journées jamais assez longues pour exécuter la totalité du programme, les nuits trop courtes pour récupérer. A peine couché, il sombrait dans un sommeil de plomb. Se branler aurait été une corvée de plus.

A Lorient comme à Kiel, les putains. Des Françaises triées sur le volet, réservées à leur usage exclusif. L'année passée, il avait eu un vague béguin pour une Renée qui lui chantait *Les Filles de La Rochelle* après qu'il avait tiré son coup. Une voix émouvante. Et puis, bien sûr, l'orgie traditionnelle l'avant-veille de l'appareillage. Au début de la guerre, quand l'aviation anglaise n'osait pas se risquer loin de ses bases, l'orgie avait lieu la nuit précédant le départ, qui s'effectuait avec un équipage assommé par la gueule de bois ; mais le risque était devenu trop grand, il fallait veiller au grain. La fête se déroulait dans un casino réquisitionné. Un orchestre, une piste de danse et des tables disposées en demi-cercle. Ils commençaient par un dîner digne des meilleurs restaurants de Hambourg. Ensuite, on invitait les filles à danser. Vers deux ou trois heures du matin, l'alcool aidant, tout basculait dans une pure folie. Les types dégueulaient dans les toilettes. Il s'était retrouvé chevauché par une fille sur une table avec le Vieux qui voulait absolument la prendre par-derrière mais ne trouvait pas le trou tant il était ivre. En 40 et 41, il y avait l'excitation de la mission à venir et de ses succès assurés. Depuis que l'ennemi avait mis au point ses nouveaux appareils de détection, chaque équipage savait qu'il n'avait qu'une chance sur deux de revenir. L'orgie assoupissait l'angoisse.

Isolé au milieu des Bernardine et des Marie-José, il ne se sentait pas à l'aise. Objectif immédiat : sortir de cet hôpital. Pour la suite, encore problématique, il aviserait dans le calme et la rigueur d'un cadre militaire, fût-il français.

13

L'oiseau minuscule le fascinait. Il butinait les fleurs rouges sans jamais se poser, ses ailes battant l'air à une vitesse effrénée. Un oiseau-mouche, lui avait dit Bernardine. Il ignorait son existence. Comment tenait-il le coup ? Sans doute rejoignait-il à la nuit un nid caché quelque part. Bernardine prétendait le contraire. L'oiseau-mouche volait sans arrêt de sa naissance à sa mort. Qu'est-ce qu'elle en savait ? Leurs œufs, les femelles ne les pondaient quand même pas en l'air. Voler du matin au soir représentait déjà une sacrée performance. Un après-midi, La Rochelle décida de ne pas le quitter des yeux pendant au moins une heure, histoire de vérifier qu'il ne s'accordait pas une petite pause en douce. Nul besoin de quitter son banc : l'oiseau-mouche prospectait le gros buisson de fleurs rouges.

Si son vol était fatigant, il lui assurait au moins une bonne sécurité. L'air affolé des oiseaux dès qu'ils se posent au sol, leur cou virevoltant, leurs yeux stupides guettant un éventuel prédateur. Pour un sous-marin, l'équivalent serait une immersion continue. Les avions ne peuvent pas repérer un sous-marin en plongée. Ce n'était qu'un beau rêve. Sous l'eau, les batteries des moteurs électriques finissaient par s'épuiser, il fallait naviguer avec les diesels pour les recharger, et les diesels, qui avaient besoin d'air, ne fonctionnaient qu'en surface.

Le capitaine de corvette Guerrec l'arracha à son observation, le félicita sur sa bonne mine, épilogua sur le temps qui se gâtait, avec un vent qui poussait des troupeaux de nuages, et, assis à côté de lui, lui montra les silhouettes gris acier des navires de guerre mouillés dans la rade.

« L'*Émile-Bertin* et quatre croiseurs auxiliaires, le *Béarn*, seul porte-avions de la flotte française, avec une centaine d'appareils embarqués. Ironie du sort : ces avions nous ont été livrés par les États-Unis à la veille de l'armistice. Si la situation tourne vinaigre, il y aura retour à l'envoyeur, mais avec des bombes dans les soutes. Amusant, non ? Passons sur les torpilleurs, frégates, ravitailleurs, et n'oublions pas la *Jeanne-d'Arc*, notre croiseur-école, stationnée à la Guadeloupe. Détail qui n'en est peut-être pas un : nous avons aussi la réserve d'or de la Banque de France, mise à l'abri ici avant la débâcle. Trois cents tonnes d'or. Qu'en dites-vous, mon cher camarade ? Avec cette flotte et le nerf de la guerre, n'avons-nous pas les moyens de nous battre ? »

Le cher camarade avait envie de hurler : « Quel gâchis ! » Des forces aussi considérables gaspillées pour défendre une crotte d'île posée parmi des dizaines d'autres sur la mer des Caraïbes... Les géants luttaient à mort pour imposer leur conception du monde, le sort de continents entiers était en jeu, et ces gens se préparaient avec des phrases creuses à livrer leur petite guerre dérisoire. La Rochelle préféra changer de sujet :

« Je souhaiterais être transféré dans votre hôpital. Après tout, je suis officier de marine, moi aussi, et nos deux pays ne sont plus en guerre.

– Ne soyez pas ingrat. Vous avez été admirablement soigné par le docteur de Propiac.

– Je ne mets pas en cause ses capacités professionnelles, je n'accepte ni sa conduite ni ses propos. Il a insulté en ma présence le chancelier du Reich. Il a tenu sur le maréchal Pétain des propos indignes. En France, cela ne serait pas toléré. Ses injures contre le Führer lui vaudraient une punition sévère. La plus sévère. Puisqu'il paraît que nous sommes ici en France, je m'étonne de son impunité. »

Guerrec leva les yeux vers le ciel moutonneux.

« Nous sommes en France, mon cher camarade, et en même temps très loin de la France. C'est tout le problème. »

Il se leva et arpenta l'allée, les mains derrière le dos, avec cet air irritant de porter le monde sur ses épaules.

« La situation est complexe, voyez-vous. Ne doutez pas des sentiments de l'amiral et des marins. Nous sommes et nous resterons fidèles au Maréchal. L'infanterie encasernée ici, c'est moins évident. Mais elle représente peu de chose et nous n'en ferions qu'une bouchée. La population blanche ne donne aucun souci. Il y a des gaullistes, mais en nombre très limité. La population noire, n'ayons pas peur des mots, elle nous est franchement hostile. Et comme le blocus imposé par les Alliés crée une indiscutable disette, cette masse noire est nerveuse. L'amiral est bien obligé de tenir compte de tous les paramètres.

– Pas moi, commandant. Je suis un officier allemand qui n'est pas disposé à entendre insulter son Führer sans réagir. Il est pour de Gaulle, votre Propiac ?

– Mais non ! Il n'est pour personne, il est contre tout le monde ! Un anarchiste, un esprit fort ! Le mouton noir des békés...

– Des quoi ?

– Des békés. Ce sont les vieilles familles blanches installées ici depuis des siècles. Elles tiennent l'économie locale. Nous trouvons auprès d'elles l'appui le plus solide. Vous auriez tort d'accorder au docteur plus d'importance qu'il n'en a.

– J'exige des sanctions contre lui. »

La malchance voulut que Propiac surgît au détour du buisson à ce moment précis. Il était toujours chaussé de sandales en caoutchouc et le bruit de ses pas s'en trouvait étouffé. La Rochelle s'éprouva fort embarrassé. Il n'avait nullement prévu d'aller si loin. Guerrec avait le don de l'énerver.

Propiac fonça sur Guerrec en pointant vers lui un doigt accusateur qu'il agita sous son nez.

« Vous, rugit-il, vous avez oublié mon colis !

– Mais pas du tout, docteur, protesta Guerrec. Il vous attend à la réception. Je l'y ai déposé en passant.

– Foie gras ?

– Et confit de canard. Et aussi cinq boîtes de petits pois. »

Propiac émit un grognement de satisfaction. Il regarda La Rochelle.

« Ces planqués disposent de stocks de nourriture prodigieux. L'île crève la dalle et eux, ils bouffent à s'en faire péter la sous-ventrière. Je les rackette au maximum. » Il se tourna vers Guerrec : « J'espère que vous avez apporté quelque chose à mon petit patient boche... Non ? Même pas une tablette de chocolat ? A un collègue ? Qu'est-ce que vous êtes radins, les Bretons... Et ça se permet de baver sur les juifs ! Au fait, vous lui avez annoncé ? »

Guerrec secoua la tête, la mine assombrie. Propiac s'éclipsa aussi vite qu'il était venu.

« Annoncé quoi ? s'inquiéta La Rochelle.

– Mon cher camarade, commença Guerrec en se rasseyant, je suis sûr que vous avez déduit de mon petit topo de l'autre jour que votre arrivée inopinée compliquait nos affaires. S'il faut se battre, on se battra, mais nous faisons tout pour éviter l'affrontement avec les Américains. La partie serait par trop inégale. L'Amérique est toute proche et la France, je le répète, bien lointaine. Quand nos obus seront épuisés, qu'est-ce qu'on va leur lancer ? Des noix de coco ?

– Abrégez, s'il vous plaît.

– Ne soyez pas désagréable, s'il vous plaît. Les Américains nous accusent de procurer des facilités à vos sous-marins. Mensonge éhonté, vous le savez mieux que personne, mais c'est comme ça. Là-dessus, vous débarquez. Reconnaissez que vous tombez mal.

– C'est pour cela que l'on m'a refusé l'admission à l'hôpital militaire alors que j'étais en pleine crise ?

– Bien entendu.

– Et vous ne souhaitez pas davantage m'y voir aujourd'hui qu'hier.

– Naturellement. Permettez-moi d'ajouter que vous avez l'air de vous porter comme un charme, ce dont je me réjouis, et que votre place n'est plus dans un hôpital, qu'il soit civil ou militaire.

– Que vais-je devenir ?

– Excellente question. Nous avons pensé à une solution qui ménagerait nos intérêts et les vôtres. Les Américains ne manquent pas d'agents dans l'île. Si nous vous trouvons un hôte qui pense mal, de votre point de vue et du nôtre, ils ne pourront pas nous accuser de complicité avec le Reich. Vous verrez, la maison que Propiac possède au Diamant est fort agréable. Il accepte de vous y héberger. L'homme est bourru, vous n'êtes pas sans le savoir, mais je crois qu'il vous aime bien.

– Inacceptable. Je refuse.

– Mon cher camarade, soupira Guerrec, j'ai bien peur que vous n'ayez pas le choix.

Troisième partie

14

Journal d'Anne Montpouillan

Joli-Monstre pratique un drôle de crawl. Au lieu de nager à plat, comme tout le monde, chaque avancée du bras lui sert d'appui pour pivoter dans l'eau de sorte qu'il progresse en tournant sur lui-même. Il prétend aller plus vite. J'en doute. Il faudrait le chronométrer. En admettant qu'il gagne en vitesse pure, la respiration n'est pas commode et je ne l'ai d'ailleurs pas vu nager comme ça plus d'une centaine de mètres. Le crawl-torpille, il appelle ça. Je lui ai demandé si c'était un truc de sous-marinier. Il a rigolé. Ce crétin se comporte parfois comme si je cherchais à lui arracher des secrets. La Mata Hari des Antilles. Qu'il se les garde, ses secrets !

Si toute la jeunesse à Hitler est comme lui, pas étonnant qu'ils nous donnent du fil à retordre. Le matin, dès le lever du jour, il court en short sur la plage jusqu'à l'anse Cafard, aller-retour. Foulée très convenable, mais le torse un peu raide, et surtout il ne bouge pas assez les bras. Je lui ai expliqué deux fois que le mouvement de piston des bras assure un meilleur équilibre. Autant pisser dans un violon. Comme il voudra. Après le petit déjeuner, la mer à n'en plus finir. Il alterne les sprints et les séances de planche. Capable de rester à faire la planche pendant des heures. On ne voit plus que le bout de son nez et la charmante petite bosse de son maillot. A première vue, pas trop gâté de ce côté-là. C'est trompeur, je sais. La preuve : Luc. Salaud de Luc. Il doit s'en donner quand il descend de la passerelle de son torpilleur. Chaque fois que je repense à sa phrase de notre dernière nuit, ça me met en rogne ou ça me fait rire. « Tu as la permission de flirter, mais tu n'enlèves pas ta culotte. » Ces jours-ci, ce serait plutôt la rogne. Lui, son slip, je parie qu'il va s'accrocher au lustre plus souvent qu'à son tour. Comme nous faisions bien l'amour... Comme j'aimais ça... Mon Luc aimé. Aucun souci à te faire : même si j'avais envie de te tromper (et franchement, c'est pas l'envie qui me manque), je ne ferais pas ce plaisir à tous les saligauds qui seraient trop heureux de pouvoir crier sur les toits que la femme du déserteur a tourné putain.

Avant-hier, j'ai croisé Vieux-Couillon à Fort-de-France. Il sortait de la cathédrale, entouré d'une demi-douzaine de porte-coton qui dandinaient leur petite bedaine et leur gros cul. C'est un vrai scandale. Ils balancent à la mer les restes copieux de leur boustifaille et les gamins affamés plongent pour récupérer ce qu'ils peuvent attraper. A Fort-de-France, les gens se serrent vraiment la ceinture. Nous, dans les communes, on s'en sort grâce aux jardins potagers et au petit élevage. Et puis, quand on peut payer... Ces gros lards de l'état-major devraient venir regarder Joli-Monstre cavaler et nager, et en prendre de la graine. Vieux-Couillon éclatait dans son bel uniforme d'amiral. Ce que je peux détester ce birbe. Avec sa moustache et sa barbichette, il ressemble à Napoléon III. Vivement Sedan ! Toujours fourré avec l'évêque, le Varin de je ne sais quoi. Ils font bien la paire. Travail, Famille, Patrie. Ils vont moraliser la Martinique, qu'ils disent. Je leur souhaite bien du plaisir.

Tout ce beau monde a regardé à travers moi comme si j'étais transparente. La femme du condamné à mort. Elle vous emmerde, la femme du condamné à mort, et le condamné itou.

Hier, dispute avec Milo-Sapho. Je m'en veux. Elle a décidé d'attraper le rayon vert et de le coller sur sa toile. Je lui ai dit que je n'avais jamais réussi à repérer ce fameux rayon vert. Elle m'a répondu que j'étais aveugle. Et c'était parti. J'en ai entendu. Et que je devrais m'ouvrir aux vibrations que nous envoie l'univers au lieu de me concentrer sur ma petite personne, et que mon trop-plein d'énergie finira par me détruire si je ne le dissous pas dans le Grand-Tout (quand elle ramène le Grand-Tout, elle parle avec des majuscules), et que je deviens insupportable avec mon esprit de contradiction. Il paraît que je commence toutes mes phrases par « Oui, mais... » Une sur deux serait plus juste. Je sais bien que je suis insupportable. Même moi, je m'insupporte. J'en ai tellement marre. La guerre n'est amusante que pour les hommes. Le regard de Luc quand je lui ai demandé de m'emmener avec lui. Je lui aurais proposé de l'engrosser qu'il n'aurait pas été plus choqué. D'accord, ils risquent de se faire tuer, mais crever d'ennui à petit feu, où est l'avantage ? Il m'a plantée là comme un drapeau. J'en ai par-dessus la tête de symboliser. C'est Bon-Satyre qui m'a dit ça : « Petite, tu symbolises ici la France libre. » C'est vrai qu'il y a un côté positif. Les gens sont gentils. Dans le bourg, au marché, même à Fort-de-France où beaucoup de monde me connaît, c'est des gestes et des mots de sympathie, des sourires, les commerçants qui glissent dans mon panier un truc en plus. Il n'y a que les officiers de Vieux-Couillon qui me font la gueule, et aussi les békés. N'empêche que j'existe uniquement parce que mon mari est passé à Sainte-Lucie et a rejoint de Gaulle.

Milo-Sapho a fini par se calmer. Je l'ai regardée en silence, assise devant son chevalet, le pinceau entre les dents, ses pauvres bras filiformes pendant, inertes, et se balançant un peu chaque fois qu'elle avançait ou reculait le buste pour poser une touche de peinture sur la toile et voir ce que ça donnait. Honnêtement, j'avais beau écarquiller les yeux, pas plus de rayon vert que de beurre en broche. Si elle le voit, c'est le principal. Le coucher de soleil était sublime. On avait envie de crier « L'auteur ! L'auteur ! » comme à la fin d'une première au théâtre. La preuve que je suis sensible aux vibrations du Grand-Tout. Une fois le soleil disparu, je me suis levée, j'ai ôté le pinceau de sa bouche et je l'ai emmenée dans sa chambre.

Bien sûr que j'enlève ma culotte, mais avec Milo-Sapho ça ne compte pas. Je crois que ce qui me manque le plus, ce n'est pas tellement d'avoir le truc fourré entre les jambes, c'est les bras d'un homme qui me serrent contre lui.

Depuis l'arrivée de Joli-Monstre, mes soirées avec Bon-Satyre n'ont plus le même charme. Avant, quand il réussissait à s'échapper de l'hôpital et qu'il m'envoyait son petit coup de klaxon en passant devant la maison, je me faisais un peu belle et je montais chez lui d'une jambe guillerette. J'aimais les heures passées sur sa terrasse à se piquer le nez et à regarder les reflets de la lune jouer à saute-mouton avec les vagues. J'étais bien. Des fois on parlait, des fois on pouvait rester toute la soirée sans échanger plus de trois phrases. Je redescendais par la plage un peu pompette, et même beaucoup, et dormais comme un loir. Avec Joli-Monstre, ce n'est plus ça.

Il a une belle petite gueule et il est monstrueux. Un pur produit made in Hitlérie. Forcément : douze ans en 1933. Il a eu droit à toute la sauce. Endoctriné jusqu'à la moelle. Il vous sort des trucs effarants comme si c'était des évidences. Pour lui, aucun doute, l'Allemagne doit dominer l'Europe. Il ne dit pas le monde, mais c'est tout comme. Le génie du Führer. Le courage de l'homme allemand. Il dit vraiment « l'homme allemand ». Je vous demande un peu. Même Vieux-Couillon n'oserait pas dire « l'homme français ». Aucun sens du ridicule. Comme il est bien élevé, il évite de parler de la France et des Français. Le plus grand mépris pour les Slaves. Les juifs ? L'ennemi mortel. Eux ou nous. Même pas de haine. Il parle de tout ça comme s'il s'agissait d'une opération sanitaire. On se fait l'impression d'être un yin-yin. Si un yin-yin se prend une giclée d'insecticide dans la gueule, on ne va tout de même pas en faire une histoire.

Pour être honnête, ce n'est jamais lui qui se lance sur le sujet, c'est Bon-Satyre qui le pousse. Je ne comprends pas Bon-Satyre. La politique, la guerre, tout ça lui casse les pieds. Il n'aime ni de Gaulle, ni Churchill, ni Roosevelt, encore moins Staline, mais Hitler, on peut dire qu'il lui sort par les yeux. Et il écoute le petit nazi comme si c'était parole d'évangile. Lui qui est plutôt soupe au lait, il gobe ses énormités sans réagir. Ça m'énerve prodigieusement. Pourquoi a-t-il accepté de l'héberger ? On ne pouvait pas le forcer. Il m'a répondu par un geste vague et un grognement. Hier soir, j'étais tellement agacée que je suis redescendue chez moi au bout d'une demi-heure. Je ne supportais plus d'entendre l'autre pérorer et Bon-Satyre l'écouter en sirotant son ti-punch. Des fois, je lui trouve l'air d'un gros chat qui regarde s'agiter la souris qu'il va croquer, sauf que les chats n'ont pas des yeux globuleux comme lui, heureusement pour eux, et en plus je ne vois pas Bon-Satyre croquer un garçon : il n'aime que les filles.

Ce matin, il a arrêté sa voiture devant la porte et est entré en criant « To-To-To » à la mode d'ici. Je dormais à poil dans mon hamac. Il a mis sa main devant ses yeux en gardant les doigts écartés. Suzanne m'a vite lancé mon peignoir. Elle rigolait. Je sais qu'il a couché avec elle. Elle me l'a dit. Je n'étais pas trop contente, mais Suzanne est une excellente servante et je l'aime beaucoup. Bon-Satyre m'a demandé pourquoi j'étais partie si tôt. J'ai vidé mon sac. Il a haussé les épaules. Il paraît que je suis idiote. Décidément, tout le monde a beaucoup d'estime pour moi, en ce moment. Il m'a dit que le petit nazi était un cas intéressant, comme il aurait parlé d'une tuberculose rare ou d'un cancer particulièrement gratiné.

Tant qu'on en était à s'expliquer, je lui ai parlé de la petite idée qui me trotte dans la tête depuis un bout de temps. Je connais mon Bon-Satyre. Chic type et tout ce qu'on voudra, mais je n'ai jamais rencontré un homme aussi vicieux. Je lui ai dit que, s'il avait machiné tout le truc pour faire coucher la femme de l'officier de la France libre avec un sous-marinier allemand, il se mettait le doigt dans l'œil jusqu'au coude. Plutôt crever. Il a eu l'air sincèrement peiné. Très étonné et peiné. Je l'ai embrassé sur les deux joues pour me faire pardonner.

Je ne vois pas le rayon vert, je suis idiote, je m'imagine des trucs dégoûtants, je ne sais que faire de la peine aux gens que j'aime. Pour un symbole, c'est réussi.

Ce matin, au réveil, un mal de crâne épouvantable. J'ai sûrement fait des cauchemars. Suzanne m'a massé les tempes. Le contraste entre ses paumes rosâtres et le dos anthracite des mains, je ne m'y ferai jamais. Elle récitait en créole ses litanies habituelles. Elle croit dur comme fer à la magie. Toujours fourrée chez le quimboiseur. Couverte de gris-gris. Le truc le plus banal a toujours pour elle un sens caché. C'est reposant, dans un sens. Elle ne se sent responsable de rien. D'un autre côté, ça doit être un peu effrayant de se voir comme le jouet de forces occultes.

Elle m'a fait du bien, mais comme j'avais encore un peu mal, j'ai attendu que Joli-Monstre repasse devant chez moi, le buste toujours trop raide, de retour de l'anse Cafard, et je m'y suis mise à mon tour. Le soleil tapait dur et la migraine cognait contre mes tempes. J'ai tout de suite été en nage. C'est bien, ça évacue les humeurs peccantes, comme dit Luc. Les pêcheurs étaient déjà partis, il n'y avait plus sur la plage que le gommier de Loulou Galba qui devait cuver son rhum. Deux avions tournaient dans le ciel. Quand je cours, je déteste mes seins. Deux boulets accrochés à mon torse au lieu d'être enchaînés à mes pieds, mais l'effet est le même. Et que ça ballotte et reballotte. Les autres, ça leur sert au moins à quelque chose, mais à moi ?

La course a chassé la migraine, comme d'habitude, mais je suis rentrée cafardeuse de l'anse Cafard (Ah ! Ah !). Vingt-huit ans et toujours pas d'enfant, et probablement jamais. Luc ou moi ? Va-t-en savoir. Justement, il ne veut pas savoir. C'est fou ce que les hommes peuvent être lâches quand il s'agit de ces trucs. Comme si leur dignité était en jeu. Il dit qu'on a le temps. Je me demande s'il a vraiment envie d'un enfant. Moi, je vendrais la Martinique à Hitler pour en avoir un. J'exagère.

J'ai décidé d'aller passer quelques jours chez Milo-Sapho. Ça fait un bout de temps que je ne l'ai pas fait et ça finira de nous rabibocher. J'aime beaucoup sa maison. Surtout son jardin. Une féerie. Les plus beaux bougainvillées du Diamant. Et ses hibiscus, ses orchidées... Trente espèces d'orchidées. L'inconvénient, c'est qu'elle est à un bon kilomètre de la plage. Quand je rentre de me baigner, j'arrive chez elle aussi suante qu'au départ. Ma petite maison n'est qu'une cabane à côté de la sienne, et je ne parle pas du jardin, mais je m'y préfère quand même. Juste au bord de la plage et de la place, avec le bruit du ressac pour me bercer, et surtout plein de gens autour : les voisins, les pêcheurs qui déposent un poisson sur mon muret, les servantes qui s'assoient en rond sous un palmier et disent du mal de leur patronne. Je crèverais d'ennui si je devais vivre à l'écart, comme Milo-Sapho. Bien sûr, elle a ses raisons, la pauvre...

Ça me reposera aussi de Bon-Satyre et de Joli-Monstre. J'aime mieux entendre causer du Grand-Tout que de l'homme allemand.

Du coup, je te quitte pour quelques jours, mon cher journal. Pas question de t'emmener avec moi. Je me méfie trop de Rosalinde, belle comme un ange noir et curieuse comme une belette. La dernière fois que j'ai séjourné chez Milo-Sapho, j'ai surpris la petite diablesse en train de fouiller dans mes affaires. Il ne manquerait plus qu'elle lise les bêtises que je te confie. Tout le Diamant serait vite au courant de mes pensées les plus secrètes.

Je vais te ranger dans le tiroir de la petite table sur laquelle est posée la photo des statues de l'île de Pâques prise par Luc en 1938. Suzanne en a une peur bleue. Elle dit que les statues ont été sculptées par le diable et refuse de s'approcher de la table. Je dois l'épousseter moi-même. Je crois qu'elle préférerait se couper la main plutôt que d'ouvrir le tiroir.

15

La Rochelle eut le coup de foudre pour la maison de Propiac. Bâtie à l'écart du bourg, à l'extrémité de la baie qui fait pendant à l'anse Cafard, elle était entourée d'un jardin mal tenu, planté de caroubiers, et surplombait d'une dizaine de mètres la mer vers laquelle on descendait, après avoir traversé une pelouse large d'environ trente mètres, par trois volées de marches dont le ciment se fissurait. Une grande terrasse couverte cumulait les fonctions de salle à manger et de salon, quand bien même elle était doublée à l'intérieur par deux pièces prévues pour cet usage, qu'on n'utilisait presque jamais. La maison était tout en bois, avec des parois à claire-voie comme à l'hôpital, ce qui lui garantissait, sinon la fraîcheur, du moins un agréable remuement d'air. Lorsque l'alizé s'essoufflait, ce qui était rare, les grands ventilateurs brassaient la torpeur. Impeccablement astiqués, les meubles en acajou rougeoyaient dans la pénombre.

Ils arrivèrent à la nuit tombée. Les bras croisés, une femme à la peau caramel les attendait à l'arrière de la maison, devant la porte d'entrée. Courte et trapue, elle affichait une mauvaise humeur décidée. Quand ils sortirent de la Delage brinquebalante, elle lança à Propiac une phrase en créole qui devait être acerbe. Propiac haussa les épaules. Son visage était gris de fatigue. Dans la voiture, il avait raconté à La Rochelle qu'un garçon de quinze ans atteint d'une tumeur au cerveau était mort en cours d'opération.

« M'engueule pas, grogna-t-il. C'est pas le jour. Joséphine, voici le lieutenant de La Rochelle, l'invité dont je t'ai parlé. Il faut me le retaper. »

Elle acquiesça d'un hochement de tête en regardant La Rochelle comme s'il débarquait d'une autre planète, puis fit brusquement demi-tour et disparut dans la maison en lançant :

« Mettez-vous tout de suite à table, c'est déjà trop cuit.

– On va pourtant prendre le temps de se boire un ti-punch, dit Propiac à mi-voix. Vous verrez, elle a le caractère de cochon de son père, mais le fond est bon. C'est moi, son père.

La Rochelle, qui sortait son sac du coffre de la voiture, fut certain d'avoir mal entendu. Joséphine paraissait aussi âgée que Propiac. Plus tard, tandis qu'ils buvaient du rhum, assis dans de confortables fauteuils d'osier, avec autour d'eux le ballet phosphorescent des lucioles et, au-dessous, le doux fracas des vagues s'écroulant sur la plage, il se hasarda à demander un éclaircissement :

« Je n'ai pas bien compris ce que vous me disiez à propos de cette femme.

– Quelle femme ?

– Joséphine.

– Je vous disais qu'elle est souvent de mauvais poil parce qu'elle a de qui tenir. Laissez courir. Elle va vous traiter comme un coq en pâte.

– De qui tenir ?

– Eh bien oui : de moi ! s'impatienta Propiac. Vous êtes sourd ou quoi ?

– Mais ce n'est pas... pas possible, bégaya La Rochelle.

– Et pourquoi donc ? Vous ne la trouvez pas assez jeunette ? Je l'ai fabriquée à douze ans. »

La Rochelle vida son verre d'un trait, s'étrangla et toussa. Quand il éternuait, la cicatrice de son drain le tiraillait.

« Elle le sait ?

– Bien sûr qu'elle le sait ! Tout le monde le sait ! Où est le problème ?

– Excusez-moi. C'est la surprise. Chez moi, on n'a pas l'habitude de devenir père à douze ans.

– Il faudra vous y mettre, mon petit vieux. Si vous voulez coloniser l'Europe jusqu'à l'Oural, vous avez intérêt à pondre du chiard à tout va. »

Joséphine servait à table, mais ne s'asseyait pas avec eux. La cuisine était installée dans une petite maison bâtie à une cinquantaine de mètres de l'habitation principale. Propiac expliqua à La Rochelle que c'était la coutume pour les constructions en bois : on limitait ainsi les dégâts d'un éventuel incendie auquel les cuisines étaient particulièrement exposées. Joséphine avait sa chambre dans la maisonnette, et aussi une Zéphyrinte qui n'apparut que le lendemain de son arrivée. Une grande fille couleur noisette foncée d'une vingtaine d'années qui louchait et marchait le dos un peu voûté. C'était dommage car ses formes étaient belles.

La chambre qu'on lui attribua donnait sur l'arrière de la maison. Il rangea dans les tiroirs de la commode les vêtements civils que Propiac lui avait apportés à l'hôpital. Les tenues grises ou bleues de sous-marinier entassées dans son sac auraient pris sur l'île des allures de déguisement. Sa nouvelle garde-robe était succincte : une demi-douzaine de chemises à manches courtes, trois shorts et deux pantalons de toile un peu trop larges. Il avait chaleureusement remercié Propiac, mais le chirurgien avait coupé court : « Butin prélevé sur les stocks des marins de Pétain. » Il était en position de force, expliqua-t-il, car les chirurgiens militaires de l'hôpital Clarac se débrouillaient bien pour les opérations nécessitées par les accidents ou blessures classiques sur un navire de guerre, mais manquaient d'expérience pour les interventions de type civil, et le chef de cabinet de l'amiral Robert, qui souffrait de poussées hémorroïdales sévères, répugnait à confier son anus à leur bistouri. Propiac utilisait tous les prétextes pour différer l'intervention chirurgicale. Lorsqu'il ne pourrait plus reculer, il lui resterait la prostate de l'amiral sur laquelle il fondait de solides espérances.

Le lit à baldaquin était royal. La Rochelle n'en avait vu de semblable que dans les musées. Le cadre et les piliers étaient en mahogany. Un feston de tissu imprimé faisait le tour du dais. Le matelas communiquait une impression de fraîcheur.

Il tira la moustiquaire de mousseline et s'allongea avec un soupir d'aise. La maison lui plaisait beaucoup. Son charme colonial. La mer à ses pieds. La longue plage où il irait courir. Et Propiac toute la journée à l'hôpital.

Douze ans. Une fille négresse. La dégénérescence de ce peuple dépassait l'imagination.

16

La Rochelle aimait les rites et les habitudes ; aussi son emploi du temps était-il réglé comme papier à musique. Il se levait à la pointe immuable du jour, buvait un verre d'eau et partait courir, en short et pieds nus, jusqu'à l'autre bout de la baie, où s'élevait une modeste montagne nommée le morne Larcher. Les montagnes, ou ce qu'on désignait ainsi, s'appelaient des mornes. Propiac ignorait pourquoi. La Rochelle savourait sa course. L'espace après l'exiguïté du 138, les parfums mêlés qu'il avait appris à aimer, l'émoustillante bouffée exhalée par la distillerie Dizac, que l'alizé rabattait sur la plage aux approches de l'anse Cafard, les cocotiers penchés vers la plage comme s'ils aspiraient à déposer le fardeau de leurs fruits dont l'un tombait parfois avec un bruit mat, les pêcheurs préparant leurs grandes barques avec l'air d'avoir l'éternité devant eux et dont plusieurs, après quelques jours, saluaient son passage d'un geste, d'un sourire ou d'une phrase qu'il ne comprenait pas, mais qui faisait rire les autres. Le monde était cordial.

A son retour, il prenait une douche et Zéphyrinte lui servait le petit déjeuner sur la terrasse. Le meilleur moment de la journée. Il se sentait frais et dispos, avec une agréable sensation de fatigue dans les jambes. Ensuite, il enfilait un slip et partait plonger dans la mer. Propiac le lui avait déconseillé, l'eau salée contrariait la cicatrisation, mais la tentation était trop forte. Il avait l'impression que les vagues le récuraient d'une couche de crasse accumulée depuis des siècles. L'eau était bonne à n'y pas croire.

La première fois qu'il s'était baigné, un incident cocasse avec Joséphine. Il avait plongé nu, comme il faisait sur les plages de Sylt, où ses parents possédaient une villa, et, sortant de l'eau, s'était allongé toujours nu sur une serviette. Un rugissement venu de la terrasse l'avait fait se retourner. Joséphine déboulait dans l'escalier si vite qu'elle faillit se casser la figure, et se ruait vers lui en agitant les bras : « Vous êtes donc sans vergogne à vous montrer comme ça ? Et si un enfant passait ? » La Rochelle se leva en ceignant ses reins de la serviette et expliqua que, chez lui, en Allemagne, le nudisme ne choquait personne. « Chez vous, je ne sais pas, avait tranché Joséphine, mais ici vous êtes chez des gens civilisés. » Il en était resté comme deux ronds de flan. A quel âge cette négresse pudibonde avait-elle commencé à faire l'amour ?

Elle le traitait en gamin inconséquent, sans hargne ni complaisance. Le surlendemain, elle avait de nouveau foncé sur lui. Une averse violente l'ayant surpris alors qu'il remontait de la plage, il s'était abrité sous un arbuste pour regarder la buée qui montait de la mer soudain en ébullition. « Sortez de là ! » Elle lui avait flanqué une bourrade sur l'épaule. Il avait eu du mal à saisir le nom de l'arbre qu'elle répétait à la vitesse d'une mitrailleuse : un mancenillier. Il apprit que ses feuilles sécrétaient un suc vénéneux qui, lavé par la pluie, infligeait à la peau de cuisantes brûlures. « Mais pourquoi ne l'arrachez-vous pas ? » avait-il demandé. Joséphine l'avait toisé avec cet air de supériorité qu'elle arborait volontiers avec lui. « Si le bon Dieu a décidé de créer les mancenilliers, c'est qu'il a ses raisons, et ce n'est pas un petit jeune homme qui va le contredire, non ? »

Zéphyrinte ne lui adressait pratiquement jamais la parole et il avait l'impression qu'elle évitait de le regarder, mais avec ce regard bigle on ne pouvait pas savoir.

Il lisait sur la terrasse, dans un fauteuil à bascule, en attendant l'heure du déjeuner. Sauf en sa prime enfance, il n'avait jamais été grand liseur. Manque de temps. Le soir, à partir de son entrée à la Hitlerjugend, il s'écroulait sur son lit, assommé de fatigue. Ensuite, les innombrables manuels techniques à assimiler. Des étagères fermées par des vitres coulissantes recouvraient un mur intérieur du salon. Il s'était fait engueuler par Joséphine parce qu'il avait mal refermé une vitre. Certains livres étaient dédicacés à Antoine de Propiac. Tous du même auteur : Aragon ou Louis Aragon. Le nom lui était inconnu. Les dédicaces faisaient allusion à des événements vécus en commun. Il avait commencé par un ouvrage assez mince, *Le Paysan de Paris*, qui lui était tombé des mains, puis s'était lancé dans *Les Beaux Quartiers*. Il y avait des choses intéressantes, mais la mentalité générale lui déplaisait.

Il avait plus souvent les yeux levés que baissés sur son livre. Le spectacle de la baie ne cessait de l'émerveiller. La mer changeait de teinte à tout instant, tournant parfois d'un seul coup du bleu au violet, du gris perle au mauve, et se bariolant parfois d'oripeaux multicolores qui lui faisaient une robe de gitane dont il ne se lassait pas d'apprécier les contrastes.

A midi, le soleil à son zénith, l'air se chargeait d'une humidité chaude. Les reliefs lointains se brouillaient et le feuillage des arbres virait au gris.

Souvent, à cette heure torpide, La Rochelle éprouvait une pointe de nostalgie pour les paysages de son pays. Hambourg et la mer du Nord représentaient l'exact contraire de cette île et de cette mer. Là-bas, lumière monochrome tranchante comme du métal, découpe nette des volumes, rien de flou ni d'excessif. Une nature rude mais loyale. Ici, méfiance. Un arbuste pouvait vous griller la peau. On l'avait prévenu que des serpents à la piqûre mortelle pullulaient sur les mornes. A en croire Joséphine, l'araignée matoutou-falaise était elle aussi mortellement venimeuse. Ces drôles de noms...

Une nuit, réveillé par les aboiements d'un chien, La Rochelle s'était levé pour aller regarder la mer illuminée par la pleine lune. Passant devant la cuisine, il avait eu envie d'un verre d'eau. A peine eut-il allumé l'électricité qu'il se crut victime d'une hallucination. La table fichait le camp, la grande table sur laquelle Joséphine et Zéphyrinte épluchaient les légumes. L'estomac noué par la répulsion, il se rendit compte que l'impression de mouvement était créée par la fuite éperdue des dizaines d'insectes dont elle était recouverte. De gros cafards rouge-brun. Il y en avait partout, dans l'évier, sur la cuisinière, au cul des casseroles accrochées au mur. Ils disparurent en moins de cinq secondes et La Rochelle ne put s'empêcher de penser qu'il fallait dix-huit secondes à un sous-marin attaqué pour s'immerger. « Les ravets ? s'étonna Joséphine. Sales, les ravets ? En voilà des idées ! Ils ne sont pas plus sales que n'importe quelle créature du bon Dieu. » Elle lui avait quand même montré le garde-manger étroitement grillagé où elle serrait les aliments, le soir, avant que la cuisine ne devînt le royaume nocturne des ravets. C'était à cause d'eux, ajouta-t-elle, qu'il fallait bien refermer les vitres coulissantes de la bibliothèque : ils adoraient le papier.

Les hémorroïdes du chef de cabinet, les dons en nature des patients et les ressources locales assuraient des repas copieux. Ils étaient délicieux grâce aux talents de Joséphine. Après le déjeuner, repu, La Rochelle se couchait pour une longue sieste. A son réveil, il se baignait, puis enfilait un short et une chemisette et allait se promener sur la plage, jusqu'au bourg. Et il rentrait pour lire en attendant Propiac.

A quoi rimait la satisfaction profonde éprouvée à faire, jour après jour, les mêmes gestes aux mêmes heures ? Il l'ignorait. Zéphyrinte avait fini par comprendre qu'elle ne devait pas toucher à son fauteuil à bascule, car il avait son coin de lecture pour le matin et un autre pour l'après-midi.

17

On ne savait qu'au dernier moment si Propiac viendrait, ce qui faisait enrager Joséphine. Quand une urgence le retenait tard à l'hôpital, il dormait dans sa maison de Fort-de-France. Au Diamant, ce n'était plus le même homme. La fatigue, bien sûr, qui lui tirait les traits et mettait du vague dans son regard globuleux, mais elle n'expliquait pas une si totale métamorphose. Il lui fallait un public. L'hôpital était son théâtre, et comme le Diamant ne lui offrait qu'une salle vide, il s'y dépouillait de son tonitruant personnage. Il avait mis un terme à ses provocations. Vautré dans son fauteuil, absorbant des quantités effrayantes de rhum, rallumant son cigare qui s'éteignait sans cesse, il parlait peu, écoutait beaucoup, ou faisait semblant, et n'était guère loquace qu'avec Joséphine, qui se tenait debout dans l'ombre, toujours appuyée au même pilier de la terrasse, échangeant avec elle des propos auxquels La Rochelle ne comprenait rien.

Lorsque celui-ci lui fit part de son projet d'aller à la nage jusqu'au gros roc fiché au milieu de la baie, il rit en agitant négativement son cigare.

« Si j'étais un hôte convenable, dit-il de sa voix de rogomme, je l'aurais fait escamoter pour qu'il ne vous offusque pas la vue. C'est un monument à la gloire de la marine de Sa Très Gracieuse Majesté Britannique.

– Ce rocher, un monument ?

– Façon de parler. On l'appelle depuis toujours le Diamant. Je trouve qu'il ressemble plutôt à une grosse molaire décatie. Les Anglais l'ont occupé pendant les guerres napoléoniennes. Ils y ont mis du canon et une garnison de cent dix marins, ou cent vingt, je ne sais plus. Personne n'avait jamais eu l'idée de s'y installer. Le foutu rocher n'intéressait que les oiseaux et les serpents. A l'époque, les courants obligeaient les voiliers à longer la côte par le sud pour entrer à Fort-de-France, qui s'appelait Fort-Royal. Vous voyez l'intérêt de la chose ? Avec une poignée d'hommes et quelques pièces d'artillerie, les Anglais assuraient un blocus bien plus efficace qu'avec des patrouilles de frégates. Ils ont très officiellement intégré le rocher dans leur flotte : *His Majesty's sloop-of-war Diamond Rock.*

– Humour anglais ?

– Pas du tout. Les types étaient des marins, ils ne voulaient à aucun prix devenir des fantassins ou des artilleurs. Je suppose qu'il y avait des histoires de primes à la clé. Bref, ils ont tenu le coup plus d'un an et on a laissé beaucoup de monde dans l'assaut. Depuis, chaque fois qu'un navire de guerre britannique passe devant le rocher, il le salue de sept coups de canon. Je ne voudrais pas être désagréable, mon petit vieux, mais il faut bien reconnaître que, pour ce qui est de la marine, personne n'arrive à la cheville des Anglais. Ni vous, ni nous : personne. »

La Rochelle songea à son père, ce qu'il faisait rarement. L'un de ses numéros favoris, qui exaspérait sa mère et lassait les amis à force d'être ressassé, consistait à accuser l'ancêtre La Rochelle d'avoir manqué du plus élémentaire bon sens. Quitter la France persécutrice, très bien, mais pourquoi un marin choisissait-il l'Allemagne au lieu de l'Angleterre si proche ? Fallait-il être niais pour négliger la nation maritime par excellence et aller planter ses pénates dans un pays bordé par des mers ridicules, dont l'histoire se jouait toujours sur terre et se terminait rarement bien ! Chaque fois que la malheureuse Allemagne tentait de s'arrondir un brin en gobant un morceau de Pologne ou une Alsace-Lorraine, branle-bas général et coalition hostile des voisins. Pendant ce temps, l'Angleterre engrangeait aussi facilement qu'on cueille des pommes l'Australie, le Canada, l'Inde, des pans entiers de l'Afrique noire, l'Égypte et une floppée d'îles essaimées sur les océans.

La Rochelle revoyait la longue silhouette élégante de son père déambuler dans le salon. Il aimait parler debout en agitant les mains à la française. Il se donnait même quelquefois le ridicule de cultiver un léger accent français. La mère de Klaus, issue d'une vieille famille prussienne, haussait les sourcils et regardait le plafond. Ses parents se parlaient peu. Un mariage naufragé. Ils savaient pourquoi, et leur fils aussi. La Rochelle avait quitté sans regret le giron familial. Il détestait la part de sang français qui, fût-elle devenue infime au fil des siècles, continuait de couler dans ses veines.

On connaissait parfaitement l'origine du cynisme paternel. Sa radio en panne, le destroyer *Pfalzburg* ralliait Kiel avec à son bord le jeune leutnant Christian von La Rochelle quand deux croiseurs britanniques l'avaient approché. Le commandant du *Pfalzburg* était resté serein. Il avait appris avant la panne que l'Autriche avait engagé les hostilités avec la Serbie, mais ce n'était jamais qu'une guerre balkanique de plus. Canons braqués, les croiseurs avaient envoyé par signaux lumineux l'ordre de se rendre.

C'était le 4 août 1914. L'Angleterre venait de déclarer la guerre à l'Allemagne. Capturé dès les premières heures du conflit sans avoir combattu, le père de Klaus avait passé les quatre années suivantes dans un camp de prisonniers au Canada, d'où il était revenu avec un accent étonnant. Sa carrière en avait longtemps souffert. En 1939, le nouveau conflit l'avait propulsé aux fonctions d'adjoint au commandant de la base de Kiel, ce qui n'était pas rien.

Propiac déconseilla formellement l'expédition à la nage jusqu'au rocher.

« A votre avis, quelle distance ? demanda-t-il.

– Je le situerais à quatre kilomètres, un peu plus, un peu moins.

– Exact. Vous avez l'œil marin. C'est long, non ?

– Pas dans une mer tiède. Je récupérerai sur le rocher avant de repartir.

– Vous avez déjà vu une méduse-galère ?

– Je ne connais que les méduses et les galères.

– Très jolie à regarder du pont d'un bateau. Un corps rosé, translucide, et des tentacules d'une sacrée longueur. Pour le nageur, c'est moins gai. Les tentacules se referment sur lui, clac ! aussi sec qu'un coup de trique. Brûlures partout et le choc nerveux dû au venin. Un venin, entre parenthèses, qui ne s'élimine jamais. Vous l'emportez dans le cercueil.

J'ai vu des cas où la respiration se trouvait, sinon bloquée, du moins très handicapée. Bref, il vaut mieux encaisser ça à cent mètres de la plage qu'à un kilomètre. Méfiez-vous de la mer des Caraïbes, mon petit vieux, elle trompe son monde. »

La mer aussi...

« Si vous y tenez vraiment, conclut Propiac, je demanderai à un pêcheur de vous accompagner en gommier. »

18

Quand Anne Montpouillan annonça qu'elle allait passer quelques jours chez son amie Marguerite, La Rochelle n'en fut pas contristé. Il l'aimait bien, cette grande femme rousse athlétique, malheureusement affligée d'un nez aussi disproportionné qu'un gouvernail de cuirassé à la poupe d'un escorteur ; il lui avait dit dès leur première rencontre, et c'était sincère, qu'il avait plus d'estime pour son mari que pour les marins qui se contentaient de rester sur la touche et de marquer les points, il ne manquait jamais de lui avancer son fauteuil lorsqu'elle arrivait après le dîner sur la terrasse, il l'écoutait poliment quand elle le bassinait avec ses conseils techniques sur la course à pied, mais ces bons procédés n'entamaient pas une hostilité trop perceptible sous la gaze des convenances. Elle le haïssait. La Rochelle ne savait pas pourquoi. Le capitaine de corvette Montpouillan et lui étaient deux patriotes que les circonstances conduisaient à s'affronter, un point c'est tout. Sans doute cette guerre ne ressemblait-elle pas aux autres. Elle ne se conclurait pas par l'annexion de quelques provinces. Elle instaurerait une hiérarchie aussi nouvelle que définitive. A quoi bon se rebeller contre l'évidence ? Leur ridicule défaite n'assignait-elle pas aux Français la place qui leur reviendrait dans l'ordre nouveau ? Chaque fois qu'il prononçait le nom de Hitler, les yeux d'Anne Montpouillan se rétrécissaient et elle croisait ou décroisait énergiquement ses jambes musclées. C'était ridicule. Propiac ne se rendait compte de rien. Confit dans son rhum et enveloppé dans la fumée âcre de son cigare.

Un soir, elle l'avait rasé en lui racontant round par round le combat de boxe qui avait oppoé Joe Louis à Max Schmeling et qui s'était terminé par la victoire du nègre. Une culture sportive apparemment inépuisable. Il servait dans les parachutistes, Schmeling. *Signal* avait publié un long reportage sur lui. Il s'entraînait avec sa section à sauter dans la neige russe sans parachute. Le Junker les larguait d'une quinzaine de mètres. Il fallait être gonflé.

Le lendemain de sa conversation avec Propiac sur la vieille histoire du Diamond Rock, La Rochelle courut en regardant le rocher d'un œil nouveau. Il n'avait pas besoin de ce pense-bête gris et vert pour se rappeler la valeur de la Royal Navy : dix-huit mois de combats contre les marins de Sa Majesté l'avaient édifié. Il savait où se jouerait le sort de la guerre. En accueillant sa promotion d'aspirants sur le voilier-école, le commandant du *Horst Wessel* leur avait lancé : « Celui qui domine les mers est maître du monde. Toutes les grandes guerres de l'histoire se sont décidées sur mer. » Il n'aimait pas ce discours, maintes fois répété, car il lui rappelait désagréablement le numéro paternel. Qui dominait les mers, et depuis des siècles, sinon l'Angleterre ? L'école des sous-mariniers l'avait rasséréné. L'issue du prochain conflit se jouerait sous la mer et non pas à sa surface. Aux murs étaient affichées les déclarations imprudentes de dirigeants alliés après 1918 : tous avouaient que les sous-marins allemands avaient été leur cauchemar et qu'il s'en était fallu de très peu pour que le blocus ne mît la Grande-Bretagne à genoux.

Si les ingénieurs allemands parvenaient à neutraliser le nouvel appareil de détection allié, la partie serait gagnée.

L'après-midi, il revit Anne Montpouillan. Sa petite maison était toute proche de la place du bourg, au bord de la plage dont un muret la séparait. La grande rouquine se penchait sur des fleurs avec son amie Marguerite. La Rochelle les salua d'un geste de la main. Anne Montpouillan répondit mollement. Son amie se borna à hocher la tête. La Rochelle savait qu'une maladie héréditaire lui avait atrophié les bras. Une cape de soie légère les masquait, jetée sur ses épaules. C'était dommage, cette disgrâce. Marguerite avait un beau visage, des yeux splendides et de longues jambes aux muscles fins. Elle ne pouvait pas se servir de ses mains. Sa vieille servante, qui l'avait vue naître, la lavait, l'habillait, la nourrissait, pourvoyait à tout.

Un matin, alors qu'il approchait de l'anse Cafard, il vit une vingtaine de nègres et de négresses entourés d'une marmaille piaillante qui pataugeaient dans l'eau. Il accéléra. Des caisses flottaient dans le ressac, faites de minces bandes de contreplaqué que les nègres brisaient allégrement. A l'intérieur, des pièces de tissu orange. La Rochelle s'arrêta, le cœur battant. Il avait reconnu des gilets de sauvetage. Une négresse lui en tendit un. Au dos était imprimé *USS Utah*. Un navire de guerre américain. La Rochelle rendit le gilet avec un grand sourire et repartit, joyeux. Les camarades faisaient du bon boulot.

Trois matins plus tard, autre émotion violente. Un nègre rentrant d'une pêche de nuit avait tiré son gommier à l'écart des autres. Il était penché à l'intérieur de la barque, occupé à déplier un carré de toile cirée enveloppant un petit paquet. La Rochelle, dont les pieds nus ne faisaient aucun bruit perceptible sur le sable, arriva sur lui au moment où il sortait de la toile une liasse de billets de banque. Des marks. La Rochelle s'arrêta si brusquement qu'il en trébucha. En découvrant sa présence, le nègre eut une réaction de frayeur, puis se tranquillisa après l'avoir reconnu. Hilare, La Rochelle se borna à pointer l'index sur les marks :

« Miquelon », murmura le nègre, souriant lui aussi de toutes ses dents.

La Rochelle pensa qu'il s'agissait d'un banc de pêche. Propiac lui apprit plus tard que les Martiniquais disaient pêcher à Miquelon lorsqu'ils s'étaient assez éloignés pour perdre de vue la côte.

L'occasion ne s'était jamais présentée pour le 138, mais il savait que des U-Boote émergeant au milieu de barques de pêcheurs avaient négocié contre un bon paquet de marks le poisson frais qui changeait des sempiternelles conserves et de la « maladie du fer-blanc ».

« Que pouvez-vous en faire ? demanda-t-il au nègre.

– On nous les change à la mairie. »

Sans réfléchir, La Rochelle lui tendit la main, que l'autre serra avec chaleur.

La Rochelle nota le nom du gommier : *Au-nom-du-Père-et-du-Fils-et-cætera*. S'il décidait finalement de nager jusqu'au rocher, c'est à ce pêcheur qu'il demanderait de l'accompagner.

19

Journal d'Anne Montpouillan

J'ai fait une belle connerie.

Hier soir, panne d'électricité. Une de plus. Les coupures n'arrêtent pas. J'étais à table. Suzanne s'apprêtait à me servir. Elle est restée plantée sur place, le plat de blaff dans les mains. On n'y voyait goutte. Pas de lune. Ces nuits-là, tout l'or de la Banque de France sur lequel veille Vieux-Couillon ne convaincrait pas Suzanne de sortir. Les guiablesses rôdent par les nuits sans lune. Suzanne dit elle-même qu'elles s'en prennent aux hommes, mais peu importe, elle a la trouille. Comme une conne, j'ai dit : « Je compte jusqu'à vingt. A vingt, l'électricité reviendra. » Je compte lentement, en détachant bien les chiffres. Arrivée à vingt, je tape dans mes mains et paf ! l'électricité se rallume. La bobine de Suzanne. Les yeux lui sortaient de la tête, on aurait dit Bon-Satyre. J'ai éclaté de rire, mais ça devait sonner faux, je me rendais compte de ma bêtise. « Ne me regarde pas comme ça, Suzanne, je ne suis pas une guiablesse, c'est une simple coïncidence. » Autant pisser dans un violon. Dans le monde de Suzanne, il n'y a pas de coïncidences. Elle a fait demi-tour et filé vers la cuisine. Mon blaff ! Elle avait posé le plat sur la table et s'était enfermée dans sa chambre. Rien à faire pour qu'elle sorte. J'ai essayé de la raisonner pendant au moins une demi-heure, avec l'odeur écœurante des bâtonnets d'encens qui passait sous la porte et me donnait envie de vomir. Je l'entendais marmonner en créole. J'ai mangé mon blaff froid et je suis allée me coucher, furieuse contre moi.

Ce matin, elle était là. J'ai été soulagée. J'aurais parié qu'elle filerait. Ce n'est pas qu'il y a pénurie de servantes, loin de là, mais je me suis faite à elle. Elle n'est ni voleuse ni curieuse. Et elle aime bien Milo-Sapho, qu'elle considère comme une quimboisée digne de la plus grande pitié. Moi, je crois que si les békés arrêtaient un peu de se marier entre eux, ils ne choperaient pas ces maladies épouvantables que personne ne sait guérir. L'air faux-jeton, la Suzanne. Moi aussi, je suppose. On se regardait en douce, mine de rien, comme deux gamines qui se sont disputées la veille et qui se demandent si elles vont continuer la guerre ou faire la paix. Elle a servi le déjeuner sans lâcher un mot, elle si bavarde, mais on ne peut pas dire qu'elle se montrait hostile. A un moment, je lui ai souri et elle m'a regardée, l'air d'avoir envie de pleurer. J'ai pensé que je tenais le bon bout.

C'est en sortant de ma sieste que j'ai repéré que la photo des statues de l'île de Pâques n'était plus sur la petite table.

Maurice est passé me voir. Quel beau gaillard ! Quand je pense que le nabot Goebbels, l'obèse Göring et le minable Hitler, avec sa moustache en balai de chiottes, considèrent les Noirs comme une race inférieure, j'ai envie de me taper la tête contre les murs. Les juifs, je ne dirai jamais qu'ils sont d'une race inférieure, mais enfin il faut reconnaître qu'ils ne sont pas très sportifs. Citez-moi un seul champion juif, dans n'importe quelle spécialité, et je mange mon chapeau. Maurice, on le peint en blanc, c'est une statue grecque. Joli-Monstre a l'air d'un gringalet à côté de lui. Un torse à tomber à genoux. L'embêtant, c'est sa folie du foot. Aucune chance de percer en Martinique. On ne progresse pas tout seul dans un sport collectif, et les équipes d'ici sont vraiment très moyennes. Maurice, avec ce corps parfaitement équilibré, puissance des épaules, souplesse des hanches, foulée ample, il ferait un décathlonien formidable. Si je n'ai pas d'enfant (j'en aurai, nom d'un chien, dès que la guerre est finie je m'y colle), j'aimerais bien entraîner des filles. Je suis sûr que je serais bonne.

On a parlé de choses et d'autres, Maurice et moi.

Après le dîner, je voulais me recoiffer avant de monter chez Bon-Satyre ; mon peigne bleu avait disparu. J'ai demandé à Suzanne si elle l'avait vu. J'étais certaine de l'avoir posé à sa place habituelle sur ma coiffeuse. J'ai dû insister un peu trop, car elle m'a lancé : « Madame, je ne suis pas une voleuse. » Je ne l'avais accusée de rien. Depuis le coup de l'électricité, elle n'est plus la même. Je ne lui ai rien dit à propos de la photo des statues, c'est trop brûlant.

Chez Bon-Satyre, c'était comme d'habitude, sauf qu'il semblait soucieux. Le chef de cabinet de Vieux-Couillon lui a demandé de préparer son service à une arrivée massive de blessés. Ils craignent un débarquement américain. Ça fait des semaines qu'on en parle. Il paraît que la « menace » se précise. Tu parles d'une menace ! Je n'arrive pas à croire que ces lavettes se battront. Joli-Monstre a eu le bon goût de fermer sa gueule.

Pour le titiller un peu, j'ai enchaîné sur les quatre médailles d'or raflées par Jesse Owens aux Jeux de Berlin devant son Führer chéri. Bon-Satyre me faisait les gros yeux, pour lui c'est facile.

Joli-Monstre n'a pas moufté. « Cet homme est un immense champion », a-t-il reconnu. Alors, homme ou sous-homme ? Je lui ai proposé une course contre Maurice : l'anse Cafard aller-retour. Il a éclaté de rire : « Je n'aurais aucune chance. Le sous-marin atrophie les muscles. On en reparlera dans trois mois. » Où en serons-nous, dans trois mois ? Écrivant ces lignes, je me rends compte que, si les Américains débarquent, Joli-Monstre se retrouve prisonnier de guerre. C'est sûrement pour ça qu'il est resté bouche cousue. Toujours est-il qu'il a ajouté : « Je veux bien faire la course avec vous. Là, j'ai peut-être une petite chance. » On a pris rendez-vous pour demain matin.

En rentrant chez moi, après avoir enjambé le muret, j'ai vu trois cailloux blancs disposés en triangle au milieu de l'allée. Je ne suis pas sortie de l'auberge.

Je dois reconnaître que Joli-Monstre n'est pas tête de mule. Il a enfin consenti à bouger ses bras et admet que ça va mieux comme ça. Je lui ai expliqué que la fluidité était essentielle, et puis j'ai arrêté de parler parce que j'avais quand même du mal à le suivre. C'est horripilant, cette supériorité physique des hommes. Un bon coureur moyen, Joli-Monstre. Maurice te l'avalerait vite fait.

En revenant, je lui ai proposé de s'arrêter à la maison pour boire un jus de goyave. Il a été très intéressé par le trou à vent prévu pour s'abriter quand il y a un cyclone. Il m'a dit que les sous-marins pouvaient naviguer en surface par des tempêtes très dures, aucun autre bateau ne pourrait sortir, et que, lorsque les creux devenaient vraiment impossibles, il suffisait de plonger à quelques dizaines de mètres pour retrouver le calme. Il dit qu'on ne s'habitue jamais à ce passage en quelques secondes de la passerelle où on encaisse des paquets de mer à abattre un mur, dans un boucan infernal, au calme et au silence de la plongée, on peut jouer aux échecs sans qu'une pièce bouge sur l'échiquier. Il paraît qu'il est plutôt bon aux échecs.

Il avait l'air content que je ne lui fasse plus la gueule.

Je sais bien que c'est idiot, mais j'ai l'impression de perdre mes cheveux. Il y en avait plein mon peigne vert. Enfin, n'exagérons pas, il y en avait. En me servant à table, j'ai eu l'impression que Suzanne regardait mon crâne. Si je commence à marcher dans le truc, je vais devenir folle. Peut-être qu'il vaudrait mieux me séparer d'elle. Ce n'est pas le moment. On sait ce qu'on perd, on ne sait pas ce qu'on va trouver. Suzanne, je suis sûre qu'elle ne va pas bavasser sur mon compte chez les flics à Vieux-Couillon.

Maurice est repassé pour me présenter son copain François. Pas du tout le même modèle. Le genre intellectuel, avec des lunettes à monture métallique. Il veut faire médecine. Des officiers de Vieux-Couillon sont passés dans leur lycée pour demander des volontaires pour faire brancardiers. Toujours le fameux débarquement américain. Maurice a accepté. Je l'ai engueulé. Il était tout penaud. C'est son côté agaçant. Il est tellement dynamique qu'il suffit qu'on lui propose n'importe quel truc nouveau pour qu'il fonce tête baissée. François n'est pas comme ça. Il m'inspire confiance.

On a bavardé de choses et d'autres.

J'ai laissé passer deux jours avant d'être capable de te confier, mon cher journal, ce qui m'est arrivé avec Joli-Monstre. J'en reste encore toute secouée.

Nous avions marché jusqu'à la pointe de La Chéry. Il ne connaissait pas. Personne sur la plage. On s'est assis à l'ombre d'un palmier. On était bien. Le ciel tout bleu. Il s'est allongé et s'est aussitôt endormi. Quand il dort, il a l'air tout démuni, tout vulnérable, il ne fait même pas ses vingt et un ans. On se laisserait facilement attendrir. Au bout d'un quart d'heure, vingt minutes, j'ai commencé à m'emmerder. La contemplation béate de la nature, ce n'est pas mon truc. Mon problème avec le Grand-Tout. Les avions sont arrivés juste à temps pour me distraire. Ils volaient assez loin, l'un derrière l'autre. J'ai pensé que c'étaient les aviateurs du *Béarn* qui s'entraînaient, mais non, voilà l'avion de tête qui pique et lâche une petite crotte noire. Il regrimpe et son copain pique à son tour et lâche sa crotte. Deux beaux geysers. Grenades sous-marines. Luc m'a assez expliqué. Le bruit des explosions est arrivé après, et encore après une vaguelette plus forte que les autres sur la plage, où il n'y a presque jamais de vraies vagues. Ça n'a plus arrêté. Les avions grimpaient, piquaient, regrimpaient. Les colonnes d'eau jaillissaient. C'était sublime. J'avais envie d'applaudir. Joli-Monstre, je l'avais complètement oublié quand un gémissement m'a fait regarder de son côté. Il était à genoux, le buste penché en avant, la bouche ouverte, avec cette espèce de gémissement continu, une plainte rauque, je ne sais comment dire, qui diminuait ou grossissait au rythme de sa respiration, le visage blême sous son bronzage, le corps tellement tendu que j'avais l'impression que, si je le touchais seulement du bout du doigt, il se briserait en mille morceaux, et ce qui m'a le plus impressionnée c'est ses mains, il y a une expression qui me faisait toujours rire dans les livres que je lisais, gamine : il ou elle se tordait les mains de chagrin ou d'angoisse ou de je ne sais quoi, je n'avais jamais vu quelqu'un se tordre les mains, eh bien là, oui, Joli-Monstre se tordait les mains, il se les martyrisait, j'entendais les articulations craquer, et puis il s'est mis à parler, d'abord tout bas, en allemand, bien sûr, puis de plus en plus fort, tout en se levant lentement, comme s'il avait du mal à déplier son corps, c'était impressionnant, nous deux seuls sur la plage, et ce grand type qui hurlait, on aurait dit qu'il engueulait la mer, le ciel, le soleil, le monde entier, et puis l'un des avions a regrimpé en battant des ailes, l'autre l'a imité et ils ont piqué vers le large, et je savais bien ce que ça signifiait, Luc m'a expliqué que les gonfleurs d'hélice battent des ailes en signe de victoire, et Joli-Monstre le savait aussi parce qu'il s'est laissé tomber comme une masse, plutôt comme un pantin de son, sans plus rien dire, les mains sur le visage.

Qu'est-ce que je pouvais faire ? Je n'allais quand même pas lui dire que c'était bien fait pour ses copains et qu'ils n'avaient qu'à rester dans leur Baltique au lieu de venir emmerder le monde. On n'est pas des brutes. Je me suis assise à côté de lui, je l'ai pris dans mes bras, il s'est laissé faire, il s'est assis lui aussi, j'avais sa tête sur ma poitrine, il reniflait à petits coups. Je lui ai demandé si c'était son sous-marin qui s'était fait moucher. Il a fait non en remuant la tête. Je me demande comment il pouvait en être sûr. C'est la guerre, je lui ai dit, on sait bien qu'il y a des pertes au combat, mon mari a accepté de mourir, vous aviez accepté de mourir, vos camarades, là, ils avaient accepté aussi. Il est resté un moment silencieux, les yeux fermés, puis il m'a dit d'une voix sourde, je devais faire effort pour tout comprendre : « Non, ce n'est pas un combat. Les aviateurs combattent, les fantassins combattent, nous, c'est de l'assassinat. Nous assassinons des cargos qui ne peuvent pas se défendre, et ensuite les escorteurs et les avions nous assassinent, on ne peut pas se défendre. Où est le combat ? »

On est rentrés au Diamant sans se parler. A un moment, il avait l'air tellement abattu que je lui ai pris la main. On aurait dit deux amoureux qui reviennent tête basse après une dispute. Il m'a quitté devant chez Bon-Satyre et m'a dit merci avec un gentil sourire.

C'est curieux comme les blonds me laissent froide. Quand je l'avais tout contre moi, sa jolie tête sur mes seins si sensibles, pas la moindre pensée un peu vicelarde. N'importe quel brunet à sa place, avec des poils sur les bras, les épaules et même le dos, et la bonne odeur des bruns, j'aurais eu un marigot entre les cuisses. Mon Luc me manque...

Hier soir, j'espérais me faire réconforter par Bon-Satyre. C'est raté. Je lui ai raconté sans en faire un drame l'histoire de l'électricité qui se rallume, la disparition de la photo et de mon peigne, les cailloux blancs en triangle, les grains que je trouve dans mon lit quand je me couche, et je comptais bien qu'il en rirait avec moi, mais pas du tout. Le truc de l'électricité l'a beaucoup frappé. « Vous n'en faites jamais d'autres, les Zoreilles, il m'a dit. On ne joue pas avec ça. C'est si difficile de respecter les croyances de gens chez qui vous ne faites que passer ? » Joli-Monstre a demandé ce qu'étaient les Zoreilles. Bon-Satyre lui a expliqué qu'il en était un, comme tous les gens de passage. J'ai dit que je regrettais sincèrement. Il a tiré sur son cigare et m'a lâché presque méchamment : « J'ai bien peur qu'il ne soit trop tard pour regretter. » Ça m'a foutu un coup. Je lui ai parlé de mes cheveux qui tombent, maintenant j'en suis sûre, et des démangeaisons qui me viennent sous les aisselles et à l'aine. « Antoine, j'ai demandé, vous ne pensez tout de même pas qu'elle est en train de m'empoisonner ? » Ces histoires de poison, c'est l'hystérie chez les békés, il y en a plein qui circulent sur les servantes qui vous mijotent de vilaines potions. Pas la mort-aux-rats, comme dans les campagnes de France, non, des trucs beaucoup plus subtils. Les barbes minuscules qu'on trouve à la base des tiges de bambou, par exemple. Ça vous démolit l'estomac et c'est indécelable à l'autopsie. Bon-Satyre a un voisin que personne n'a vu depuis des années. Il ne sort jamais de chez lui. Très malade, à ce qu'on dit. Avant guerre, il a été consulter des grands médecins à Paris et à New York. Aucun résultat. Bon-Satyre, qui est quand même un sacré chirurgien, hausse les épaules en parlant de lui. Il est quimboisé, c'est comme ça, on n'y peut rien. Ça fait froid dans le dos. « Suzanne te considérait comme une bonne personne, a-t-il marmonné, et voilà que tu apparais dotée de pouvoirs occultes. Non, je ne pense pas qu'elle veuille t'empoisonner, elle cherche simplement à neutraliser ton pouvoir. » Très bien, j'ai dit, adieu Suzanne, elle ira neutraliser ailleurs, ce ne sont pas les servantes qui manquent. « Tu auras du mal à en trouver une. » Il avait l'air terriblement sérieux. Joli-Monstre écoutait bouche bée, comme si on lui racontait un conte de fées. Une histoire de sorcière, plutôt.

J'ai envoyé un petit mot à Maurice pour lui demander de passer avec son copain.

20

Propiac lui ayant proposé de l'emmener à Fort-de-France pour qu'il visite la ville, La Rochelle renonça à la course à pied et accompagna le chirurgien dans son rituel bain de l'aube. Le gros homme entrait dans l'eau avec les grâces pataudes d'un hippopotame et se mouvait ensuite avec une merveilleuse aisance. La Rochelle riait de le voir s'ébrouer en braillant comme un gosse, s'éloignait en crawl-torpille pour échapper aux éclaboussures, mais l'autre finissait par le rattraper en nageant une vigoureuse brasse coulée et, le prenant aux chevilles, le basculait pour lui faire boire la tasse. Aussi lisse qu'un poisson, sa peau rose luisant dans l'eau encore opaque que le premier rayon de soleil s'employait à réveiller, ses yeux exorbités lui donnant un vague air de monstre marin surgi des abîmes, Propiac était fait pour l'élément liquide. Il portait un bizarre slip de bain en laine marron tricotée à larges mailles qui lui descendait sur les fesses et laissait deviner des testicules considérables.

Zéphyrinte servit sans un mot le petit déjeuner. L'air embaumait. Revigorés par la relative fraîcheur de la nuit, les bougainvillées encadraient la terrasse de cascades flamboyantes. Le café était savoureux. La Rochelle avait une passion pour le café.

La sombre et silencieuse Zéphyrinte lui était une énigme. Quel rapport entre la fille voûtée au regard louche qui leur apportait des toasts craquants à souhait, et la créature qu'il avait entendue gémir son plaisir dans la chambre de Propiac ? La mécanique inlassable des vagues et la crissante cacophonie des insectes garantissaient, en dépit de la minceur des cloisons en bois, une certaine intimité nocturne. Une nuit, La Rochelle, qui s'était relevé pour aller pisser après avoir lu longtemps, vit une silhouette se glisser sans bruit dans la chambre de Propiac. Il identifia Zéphyrinte à son odeur. Elle sentait comme Bernardine. La curiosité l'emporta sur la bonne éducation. Il sortit, fit le tour de la maison et colla son oreille contre les lamelles de la chambre de Propiac. Une gorge féminine émit bientôt un feulement. La voix de Propiac s'éleva brièvement. Il parlait en créole. Le ton était celui du commandement. Des plaintes courtes, comme des sanglots étouffés, succédèrent au feulement, qui ne tarda pas à reprendre. La Rochelle glissa la main dans l'échancrure de son caleçon et commença à se branler. Un fumet excitant passait par les persiennes. Il n'avait jamais entendu une femme gémir ainsi. Et cela durait. Il avait joui depuis dix minutes au moins que Zéphyrinte continuait d'obéir aux indications énigmatiques de Propiac et de haleter son extase. La Rochelle partit se recoucher poisseux et mortifié de sa conduite. Il eut du mal à s'endormir. Même s'il n'avait évidemment pas chronométré ses performances, il était sûr et certain de n'avoir jamais baisé une femme plus de cinq minutes. Il couchait pour jouir, et le plus tôt était le mieux.

« Le bouquin d'Aragon vous plaît ? demanda Propiac en allumant son premier cigare de la journée.

– Comme ça. Il décrit un monde vraiment décadent. J'ai compris en lisant les dédicaces que c'est un ami à vous.

– On s'écrit moins depuis qu'il est devenu stalinien. Il continue à m'envoyer ses livres. J'avoue que ça me touche. On a vécu des choses ensemble.

– Il écrit dans une dédicace que vous lui avez sauvé la vie.

– Exagération. Il a rejoint tard l'unité médicale que je commandais, c'était un jeunot. Un jour, en mai 18, il voulait à toute force prendre une ambulance et aller évacuer une de nos antennes avancées écrabouillée sous une pluie d'obus. Il n'en serait pas revenu. J'avais trop besoin de lui.

– Vous devez garder de bons souvenirs de cette guerre.

– Pourquoi ?

– Vous l'avez gagnée. »

La Rochelle se sentit très jeune sous le regard de Propiac.

« J'y ai gagné la certitude que l'espèce humaine est la plus stupide des espèces vivant sur notre foutue planète. Un écrivain qui n'arrive pas à la cheville d'Aragon a trouvé une formule épatante pour résumer cette guerre. Il écrit qu'elle consistait à faire lutter des hommes de soixante-quinze kilos contre des obus du même poids. J'ai passé quatre ans de ma vie à essayer de rafistoler des pauvres petits cons qui admettaient finalement que le combat était inégal. Je vous assure qu'une gueule cassée ou deux jambes coupées au ras des couilles relativisent grandement l'importance de la couleur du drapeau qui flotte sur la cathédrale de Strasbourg. »

Propiac se tourna vers la maison et hurla :

« Zéphyrinte ! Mon décollage ! On est pressés,

bon Dieu ! » Il revint à La Rochelle : « Toujours pas ? Vous êtes sûr ? »

Le rhum matinal portait le nom de décollage. La Rochelle, qui s'était fixé pour règle de ne rien boire avant le coucher du soleil, n'avait eu à résister que de rares fois aux invites du chirurgien car il courait d'ordinaire pendant que celui-ci prenait son petit déjeuner.

« Il m'arrive de lire une nuance de mépris dans le regard bleu que vous posez sur moi, dit Propiac en dégustant son verre à petites gorgées. Mais si ! mais si ! ne protestez pas, mon petit vieux, c'est de votre âge et vous avez été élevé dans ces idées. Rappelez-vous simplement que la main que vous voyez là a ouvert des milliers de ventres pour en extraire des morceaux d'acier plus ou moins gros mais toujours coupants, qu'elle a tranché des milliers de bras et des milliers de jambes. Vous êtes capable de vous représenter ça ? Imaginez tous ces membres entassés sur la pelouse : on ne verrait plus la mer, on ne verrait plus le ciel, le tas serait trois ou quatre fois plus gros que la maison. Amusant, non ? Et ça puerait, nom de Dieu, encore plus que tous les sous-mariniers du Reich réunis ! Bref, quand vous avez fait le boucher pendant quatre ans, j'aime autant vous dire que vous ne croyez plus qu'à une chose : les petits bonheurs que nous accorde notre trop courte existence. Et maintenant, excusez-moi, je vais procéder à une substantielle défécation, fonction naturelle qui peut être aussi un plaisir... »

La Rochelle avait déjà rencontré des hommes de ce genre. La guerre les avait vidés de leur énergie morale. Ils vivaient machinalement, tels des robots. Son oncle Heinrich, par exemple, le frère aîné de sa mère. Il avait perdu un bras et une jambe à Verdun. Un obus allemand, pour arranger les choses. L'observateur d'artillerie avait mélangé les cotes. Muré dans son ressentiment, l'oncle Heinrich ne parlait à la pauvre tante Helga que pour réclamer son journal, un chandail ou sa tisane, et ne s'intéressait qu'à ses chiens, des épagneuls irlandais aux regards aussi navrés que le sien. La visite annuelle à son domaine proche d'Eberswalde était une corvée, mais la mère de La Rochelle y tenait. Une femme de devoir. Son père lui-même l'engueulait quand il essayait de se défiler : « On n'abandonne jamais un blessé sur le champ de bataille. »

En mai 1940, La Rochelle avait sacrifié deux jours de permission au voyage à Eberswalde. La campagne de France battait son plein. Il avait demandé l'autorisation d'allumer la radio. Soudain, précédé des fanfares habituelles, un communiqué spécial annonça la prise de Verdun, emporté sans coup férir. Pour la première fois de sa vie,

La Rochelle vit les lèvres de l'infirme, qu'il avait toujours connues crispées en un pli amer, se retrousser sur un sourire. Il lui prit sa main unique. L'oncle lui broya les doigts. Des larmes coulaient sur ses joues frippées comme du vieux cuir. Un mois plus tard, l'entrée de la Wehrmacht à Paris avait déchiré le masque de cynisme frivole qu'affectait de porter son père. La Rochelle le revoyait dans son bureau de Kiel, la bouche ouverte et les yeux écarquillés, regardant le leutnant Lamprecht qui avait fait irruption sans frapper pour lui annoncer la nouvelle. Les Français ne pouvaient pas comprendre. Ils en étaient restés à cette guerre absurde où l'on perdait dix mille hommes en un jour pour avancer de cent mètres et où l'adversaire sacrifiait dix mille hommes le lendemain dans la reconquête du terrain perdu. L'intuition géniale du Führer avait changé cela. Il avait ouvert une nouvelle ère de l'art militaire.

Comme ses camarades, La Rochelle avait vécu ces semaines inoubliables partagé entre l'exaltation et la désolation. Le bonheur d'être un Allemand de vingt ans au printemps 1940... Après avoir réintégré au Reich l'Autriche et la Tchéquie, Hitler liquidait la Pologne en trois semaines, entrait au Danemark, chassait les Alliés de Norvège. Encore rien de fait, bougonnait le père de La Rochelle, on va voir. Son scepticisme était largement répandu parmi les anciens combattants de la Grande Guerre. La Pologne, d'accord, la Norvège, très bien, mais qu'en serait-il de la France et de l'Angleterre ? Le souvenir du vieux carnage bridait les enthousiasmes.

On avait vu.

Et eux, les jeunes soldats de Hitler, ils arriveraient trop tard pour participer à la fête. Accablement. C'était d'autant plus râlant pour les sous-mariniers que le premier exploit de la guerre avait été signé par le käpitanleutnant Prien, qui, le 14 octobre 1939, était parvenu à faufiler son U-47 dans la baie écossaise de Scapa Flow, réputée inexpugnable avec ses champs de mines et ses filets de protection, et à couler le croiseur de bataille *Royal Oaks*, devenu le cercueil de près de quatre cents marins. La Rochelle était sur le quai de Kiel, parmi la foule enthousiaste rassemblée pour saluer le retour triomphal de l'U-47. Prien et son équipage avaient eu l'honneur d'être reçus par le Führer à la Chancellerie. Membre du parti depuis longtemps, Prien. Comme elle paraissait lointaine, la radieuse année 1940 où les U-Boote rentraient l'un après l'autre en arborant autant de pavillons que de navires coulés, accueillis au port par une fanfare militaire, fêtés par la population...

La Rochelle avait encore connu de ces retours.

L'aviation anglaise, toujours plus hardie, obligeait à gagner Lorient en plongée. On faisait surface quasiment en entrant dans le port. Les camarades riaient en voyant les mimiques des musiciens de la fanfare suffoqués par la puanteur qu'exhalait le kiosque. Les jeunes filles auxiliaires de la marine aux bras chargés de fleurs fronçaient aussi le nez. On les aimait, celles-là, parce qu'elles distribuaient le courrier accumulé depuis des semaines. A cette époque bénie, au lieu de plonger en vitesse après le lâcher des torpilles, on prenait le temps de filmer de la passerelle l'agonie des cargos en flammes.

L'U-47 de Prien reposait au fond de l'Atlantique depuis mars 1941. Tant d'autres avec lui...

« On y va ! » cria Propiac depuis l'intérieur de la maison.

21

La Delage roulait au rhum. « Comme moi, avait dit Propiac quand il avait amené La Rochelle de l'hôpital au Diamant. Ah ! ça boulotte les culasses et on a intérêt à bien régler le carburateur, mais enfin on avance. » A cause de la pénurie d'essence, les véhicules de la Martinique fonctionnaient à l'alcool de canne à soixante degrés.

« A propos d'Aragon, demanda Propiac tandis qu'ils traversaient à petite vitesse le bourg de Rivière-Salée, est-ce que vous avez un lien de parenté quelconque avec Drieu La Rochelle ?

– Je ne pense pas. Qui est-ce ?

– Un écrivain, lui aussi. Copain d'Aragon. Enfin, ancien copain. L'un a viré fasciste, l'autre stalinien. Deux anciens combattants. Ils ont quand même gardé le goût de la chair fraîche. Pas rassasiés du tout. Très disposés à remettre ça.

– Pour être honnête, dit La Rochelle après une

longue hésitation, je dois vous avouer que mon nom est assez problématique. A la fin du siècle dernier, mon grand-père a passé six mois en France pour tenter d'éclaircir la question. Il était féru de généalogie. Il est revenu plutôt dépité. L'ancêtre émigré se serait appelé Baslieux. Un marin de commerce établi à La Rochelle. Quand il est parti pour la Hollande, il se faisait accueillir dans les communautés huguenotes en disant : Je suis de La Rochelle. C'était une bonne carte de visite. La résistance de La Rochelle au siège de Richelieu... Pourquoi riez-vous ? Vous me trouvez ridicule ? Sachez que je n'accorde aucune espèce d'importance à ces histoires de particule ! »

Propiac donna un coup de volant pour éviter une truie qui traversait la route et tapota l'épaule de La Rochelle.

« Ne vous mettez pas en rogne. Ce qui me fait rire, c'est votre vocabulaire. Féru, dépité. On croirait entendre un vieux rat de bibliothèque, pas un garçon de vingt ans – pardon, vingt et un.

– Vous trouvez mon français saugrenu ?

– Je dirais plutôt désuet.

– Chez moi, on parlait français un jour par semaine. Mon père l'exigeait. Tradition familiale. La langue se fige forcément quand il n'y a pas de contacts avec l'extérieur.

– Bref, votre ancêtre Baslieux est devenu von La Rochelle...

– Seulement quand il a décidé de s'installer à Hambourg. Il s'est fait enregistrer sous ce nom-là.

– Excusez-moi, mon cher, mais vous parlez à un marquis de Propiac tout ce qu'il y a de plus authentique. Vieille petite noblesse provençale. Chez nous, l'ancêtre émigré s'appelait Donatien de Propiac. Un joyeux zigomar, plaisant garçon et fauché comme les blés. Il s'est marié avec une ravissante et l'a emmenée à Versailles, où régnait Louis XV, dit le Bien-Aimé. Il s'était mis en tête de fourrer sa femme dans le lit du roi. Évidemment, rente de situation et avenir assuré. Comme ça ne marchait pas, il s'est rabattu sur des lits plus modestes, quoique bien argentés. Personne n'aurait eu le ridicule de lui en tenir rigueur, mais il a commis l'erreur fatale de tricher au jeu de la reine. On lui a donné le choix entre la Bastille et un exil dans les îles à sucre, comme on disait alors. Quand vous trifouillez un peu dans la généalogie des békés installés ici depuis deux ou trois siècles, vous tombez souvent sur un cadet qu'une grosse connerie a expédié aux îles. Le pauvre Donatien faisait figure d'enfant de chœur auprès de certains gibiers de potence à particule. Il a prospéré dans la canne à sucre. Nous continuons à prospérer.

– Vous possédez une plantation ?

– J'ai refilé ma part de l'héritage familial à mon petit frère Bernard contre un bon paquet. M'intéressait pas. J'étouffais. Une île c'est une prison. Envie d'aller voir ailleurs. Études de médecine à Paris, la guerre me cueille à la sortie de l'internat, quatre années à barboter dans le sang, retour au pays natal, comme dirait l'autre, je parle de Césaire, connaissez pas, immense poète et prof de français ici, à Fort-de-France, où nous arrivons cahin-caha. Dire que je me tapais avant la guerre du cent à l'heure avec cette bagnole... En rentrant, en 1918, je m'étais fixé un programme de vie : faire jouir au maximum chaque cellule de mon corps. Je m'y tiens. J'essaie. Je me donne encore quelques années de bistouri avant que le rhum, le tabac et les filles m'aient bousillé les réflexes. Ensuite, j'attraperai une saloperie quelconque et je mettrai moi-même le point final. Je sais déjà comment : en nageant vers le large. Une méduse-galère...

– Attention ! » cria La Rochelle.

Surgi sur leur gauche d'une rue perpendiculaire, un camion militaire chargé de marins leur coupait la route. Propiac évita la collision en jetant la Delage sur le trottoir et en écrasant la pédale de frein. La voiture s'immobilisa avec un bruit de ferraille le long d'une maison faite de tôle et de contreplaqué. Un nègre aux cheveux blancs passa sa tête effarée par la fenêtre.

« Les cons ! » hurla Propiac de sa voix de rogomme.

Le nègre lui lança une phrase en créole. Propiac éclata de rire et lui répondit dans la même langue. L'échange se prolongea, chaque réplique plongeant l'interlocuteur dans une hilarité sonore. Propiac démarra enfin en agitant le bras en signe d'adieu.

« J'ai une vésicule biliaire qui devrait être déjà terminée, marmonna-t-il en consultant sa montre. Et après, ça n'arrête plus. Rien de trop sérieux. Travail à la chaîne. Je vous dis du mal de la guerre, mon petit vieux, c'est un ingrat qui parle : elle a fait de moi un bon chirurgien. Matériau humain à ne plus savoir qu'en faire. Du coup, on expérimente, on tente des choses qu'on n'oserait jamais en temps normal. Personne ne va vous chercher des poux pour un macchabée de plus ou de moins. »

Ils arrivaient devant une immense place herbue au centre de laquelle s'érigeait la statue d'une femme. Propiac stoppa.

« Vous êtes à la Savane, le cœur de Fort-de-France. Là-bas, la statue de Joséphine, la première femme de Napoléon, elle était d'ici. Le cul de Joséphine et la montagne Pelée dont l'éruption a fait trente mille morts en 1902, voilà les deux célébrités de la Martinique. On fait avec ce qu'on a. Amusez-vous bien. On se retrouve en fin d'après-midi à l'hôpital, mais pas avant sept heures.

– A ce soir. »

La Rochelle sortit de la voiture, s'éloigna de quelques pas, puis fit demi-tour et se pencha à la portière de Propiac.

« Pourquoi faites-vous tout ça pour moi ? »

Les yeux globuleux le fixaient avec une perplexité ironique.

« Pourquoi m'héberger ? insista La Rochelle. Pourquoi me prêter cet argent que je ne pourrai probablement jamais vous rembourser ? Je représente tout ce que vous haïssez.

– La curiosité », répondit Propiac en enclenchant la première.

22

Le centre-ville déçut La Rochelle. Un damier de rues se coupant à angle droit avec une rigueur géométrique. Étroites et sales, les rues étaient bordées de maisons de deux ou trois étages, avec le plus souvent un magasin au rez-de-chaussée. La cathédrale était hideuse, l'hôtel de ville un peu moins laid. Là où un bout de terre permettait l'essor de la végétation, celle-ci escamotait la tristesse des lieux. C'était rare. A la campagne, la plus misérable case était embellie par son écrin floral.

Il décida de quitter l'ennuyeux quadrilatère et de pousser jusqu'aux faubourgs où des masses de verdure promettaient du pittoresque, mais il ne rencontra bientôt plus que des nègres dont les regards hostiles le convainquirent de rebrousser chemin. La couleur de sa peau n'était pas en cause, car Propiac ne s'attirait aucune réaction de ce genre. On le prenait pour un marin français. Son pantalon de toile et sa chemisette à manches courtes pourvue d'épaulettes où accrocher les galons étaient d'une coupe militaire. C'était quand même un comble. Il pouvait difficilement expliquer à ces braves nègres qu'il méprisait autant les Français que ceux-ci les regardaient de haut. Il retourna à la Savane et s'assit sur un banc, le dos à la mer. Il n'aimait plus autant regarder la mer depuis cet après-midi à la pointe de La Chéry. Le spectacle le plus obscène auquel il eût assisté depuis longtemps. Non pas tant parce que des camarades avaient été coulés sous ses yeux. Cette épreuve-là, il l'avait déjà vécue. Cinq mois plus tôt, à court de gasoil pour rallier Lorient, l'U-138 s'était vu fixer par radio un rendez-vous avec une « vache à lait », un submersible ravitailleur. A leur arrivée sur zone, un autre U-Boot, le 122, faisait le plein. Surgis du ciel nuageux, cinq Liberator avaient attaqué et coulé la « vache à lait » et le 122. Non, ce qui rendait odieux le souvenir de La Chéry, c'était le décor paradisiaque, le bruissement des palmes en contrepoint au clapotis de la mer, cette bonne femme assise à côté de lui et qui devait se demander quand il se déciderait à lui mettre la main aux fesses.

Comme pour son père. Le plus obscène, dans l'histoire de son père, c'était qu'il eût choisi de faire ses saloperies dans le salon familial, au pied du fauteuil dans lequel la mère de La Rochelle s'asseyait pour tricoter les kilomètres d'écharpes qu'elle donnait à une association protestante de bienfaisance. La Rochelle avait quinze ans. Il devait sortir en mer avec sa section de la Hitlerjugend. Dieter, le chef de section, ne se présenta pas au local. Au bout de deux heures, on leur annonça qu'il s'était tué à moto. La sortie était annulée. La Rochelle rentra chez lui. Il aimait bien Dieter, son dynamisme, sa foi en l'avenir. Tout le monde savait qu'il roulait beaucoup trop vite. La mère de La Rochelle passait le week-end chez sa sœur, à Berlin. Son père était de permanence. Il aurait dû l'être. La porte du salon ouverte, La Rochelle le découvrit à quatre pattes, ou plutôt à trois, tout nu, couvert par son chauffeur, Maxim Adler, nu lui aussi. Le sexe de Maxim allait et venait entre les fesses de son père, et comme celui-ci se branlait de la main droite sur le même rythme, La Rochelle eut pendant une seconde l'impression effarante que c'était la queue de Maxim, ressortant par-devant, que son père caressait.

Tous deux tournèrent la tête vers lui et Maxim interrompit son va-et-vient. Le père de La Rochelle lui délivra sur la croupe une petite tape sèche, ainsi qu'il aurait fait pour un cheval paresseux, et le chauffeur se remit en action. Ils jouirent en même temps. Le père de La Rochelle se releva et, tout en tiraillant sur son gland pour en extraire les dernières gouttes de sperme, dit à son fils avec un naturel écrasant : « Vieille habitude de marin, hein, bien obligé ! Tu verras, on finit par y prendre goût. Et maintenant, file dans ta chambre. » Les jours suivants, La Rochelle avait soigneusement évité le regard de son père, mais celui-ci témoignait d'une telle sérénité qu'il lui arrivait de douter de la réalité de la scène qu'il avait surprise.

La Savane était parcourue par des marins armés. Lorsque trois ou quatre nègres en conversation voyaient apparaître une patrouille, ils se dispersaient aussitôt.

La Rochelle se demanda comment les camarades étaient morts. L'U-Boot avait dû être repéré naviguant en surface. De jour, c'était une imprudence, mais si les moteurs électriques avaient eu un problème, ou si les batteries se trouvaient épuisées, on n'avait pas le choix. Les sous-mariniers estimaient qu'une coque fracassée par les grenades offrait la meilleure façon d'en finir. Quelques secondes de terreur à voir l'eau entrer avec le fracas d'une cataracte. Le pire, c'était la mort par asphyxie au fond de la mer ou le bateau flottant entre deux eaux, incapable de remonter. L'oxygène qui se raréfie d'heure en heure. Des hommes, sûrement, qui deviennent fous et hurlent qu'ils ne veulent pas crever. Sans doute doit-on les abattre. Les autres s'allongent sur leur couchette. Ils sombrent l'un après l'autre dans la léthargie. Une mort très douce. On s'endort. Ce long temps d'agonie à évoquer les êtres aimés, les souvenirs d'enfance, la vie si courte bientôt interrompue, La Rochelle préférait ne pas y penser.

Il était à peine dix heures. La journée serait longue. La Rochelle regrettait déjà d'avoir accepté la proposition de Propiac.

Il se leva, descendit jusqu'à la mer et se promena sur la route qui la longeait. Elle était en plein soleil. En arrivant à une bâtisse au plâtre taché d'humidité et portant en lettres défraîchies l'inscription « CAPITAINERIE DU PORT », il vit deux nègres en sortir et s'immobiliser aussitôt devant un vieux chien galeux qui traînait par là. Le visage figé, la peau devenue grisâtre, ils laissèrent le chien flairer leurs pieds et ne repartirent que lorsqu'il se fut éloigné. C'était curieux. Deux costauds. La simple menace d'un coup de pied aurait certainement suffi à faire déguerpir le chien.

Le soleil tapait si dur que La Rochelle se résigna à retourner dans le damier du centre, où l'on pouvait au moins trouver un trottoir à l'ombre. Un derrière pimpant lui égaya l'humeur. La jupe en léger tissu enveloppait si étroitement la croupe que la découpe de la culotte formait relief. La femme entra dans un bazar. Elle avait le nez épaté et une bouche lippue. Il trouva juste après un autre postérieur à suivre. Voilà à quoi j'en suis réduit, se disait-il, partagé entre l'envie de rire et celle de se lamenter. La fille était jeune, avec une masse de cheveux relevés en chignon. Elle tenait un petit garçon par la main. Sans qu'elle se fût retournée, comme avertie par un sixième sens qu'un homme l'observait, elle accentua le roulis de ses fesses. La Rochelle lui aurait volontiers envoyé une torpille. Une anguille, disaient les sous-mariniers. Il lui aurait avec plaisir faufilé son anguille. Il éprouvait depuis quelque temps une vraie envie de baiser. Le retour de la forme physique, la nourriture épicée, cette sensualité qui imprégnait toute l'île. Il n'avait plus l'emploi de ses forces retrouvées. Aussi loin qu'il s'en souvenait, son problème avait été de mobiliser jusqu'à ses dernières réserves musculaires et nerveuses pour parvenir à faire face. Son séjour sur l'île de Dänholm avait été probablement la période la plus dure. Trois mois d'entraînement par moins trente degrés. La Vallée de la Mort. Le *Horst Wessel* n'était pas mal non plus. Il conservait un souvenir crucifiant de l'escalade des mâts de quarante-cinq mètres. Les enfléchures d'acier étaient ourlées de glace. Pas de gants. En haut, le vent vous trouait la peau. La punition préférée du stabsfeldwebel consistait à imposer l'escalade des trois mâts à la file.

L'évocation du grand froid lui fit prendre conscience qu'il transpirait beaucoup. Sa chemisette collait à sa peau moite et le fond de son pantalon restait humide depuis qu'il s'était assis sur le banc. La femme qu'il suivait avait ralenti. Une grande bringue vêtue d'une robe imprimée de fleurs aux couleurs criardes. Elle s'arrêta devant la vitrine d'une librairie et lui glissa en souriant un regard en coin. Il n'osa pas l'aborder. Il se voyait mal marcher dans la rue au bras d'une négresse. Quand il la dépassa, la femme siffla entre ses dents : « Lapin néyé. » Il ignorait ce que cela signifiait. La Renée de Lorient l'appelait souvent « petit lapin ».

Jusqu'aux permissions en Bretagne qui avaient quelque chose de frénétique. Il s'agissait d'accumuler en trois semaines le maximum de plaisirs élémentaires : bouffer, boire, baiser, dormir. Ne plus avoir peur. Essayer d'oublier les séances de grenadage, les yeux rivés au plafond, les visages de vingt ans qui ont tout à coup l'air d'en avoir le double, les cernes violets, le gémissement continu qu'émettait le cuistot Thomas Schmidt jusqu'à ce qu'un camarade excédé lui bottât le cul.

Assis sur la terrasse du Diamant, nageant dans l'eau tiède ou allongé sur le sable, il lui arrivait de ne plus ressentir le moindre désir d'action. Il se sentait bien. En harmonie avec la nature. Le simple fait d'exister lui suffisait. Il s'en inquiétait parfois.

A midi, il acheta à une grosse négresse une poignée de ces délicieux beignets que Joséphine appelait « accras ». La marchande avait installé son grill – une caisse en tôle montée sur deux roues – dans un renfoncement entre deux immeubles et le servit sans cesser de jeter à droite et à gauche des regards inquiets. Le prix lui parut prohibitif. Il préféra ne pas marchander.

Il repassait pour la cinquième ou sixième fois devant l'hôtel de l'Impératrice quand il s'entendit héler. La terrasse du café installé au rez-de-chaussée était pleine de monde, mais personne ne s'adressait à lui. « En haut, La Rochelle ! » Il leva la tête vers le balcon. C'était le capitaine de corvette Guerrec. « Montez donc prendre un verre avec nous ! »

Le salon du premier étage semblait réservé à la marine. Des ventilateurs brassaient l'air. Guerrec et une demi-douzaine d'officiers étaient assis dans des fauteuils de rotin autour d'une table. Il y avait aussi trois jeunes négresses très maquillées. Guerrec le présenta à ses amis : « L'oberleutnant Klaus von La Rochelle, l'un de ces loups-gris qui mènent la vie dure à nos bons amis yankees. Vous savez pourquoi et comment il se retrouve parmi nous. » La Rochelle sentit remonter en lui l'irritation familière.

On lui serra la main, on s'enquit de sa santé, on lui demanda si la Martinique lui plaisait, on lui fit apporter un punch planteur, et la conversation reprit, que son arrivée avait interrompue. Il avait du mal à saisir de quoi il retournait. Le sujet passionnait les officiers. Il était question d'un certain Brucheville dont l'avenir paraissait pour le moins compromis. Les filles papotaient entre elles à mi-voix sans se mêler à la conversation des hommes. Elles rappelaient à La Rochelle les poules bretonnes de Lorient avec qui les officiers sédentaires de la base entretenaient une liaison. La tête lui tournait un peu après son planteur. Néanmoins, l'offre d'une tournée s'imposait. La conversation cessa le temps qu'on les servît. Le jeune nègre reparti, Guerrec se tourna vers La Rochelle :

« Je vous explique en deux mots. Brucheville, un ingénieur mécanicien, a fomenté une mutinerie sur la *Jeanne-d'Arc*, en rade de Pointe-à-Pitre, à la

Guadeloupe. Le salaud comptait s'emparer du navire et rallier la dissidence gaulliste. Il a réussi à gagner pas mal de monde dans l'équipage. Je parle des matelots, bien entendu. Ils étaient en train de réussir leur coup quand une clameur énorme venue des grilles du port interrompt la bagarre. Il y avait eu des fuites. Des centaines de Noirs venus avec leurs coutelas tentaient de forcer les portails pour aider les mutins. Une vraie émeute. Ça a remis les choses et les têtes à l'endroit. Tout le monde a fait front contre la négraille. Brucheville va être jugé. Il risque le peloton. Je suis certain que chez vous il n'y échapperait pas.

– C'est une situation difficile à imaginer dans la Kriegsmarine, dit La Rochelle en regardant le ventilateur. Évidemment, nous avons connu ce genre de chose en 1918. Très déplaisant. J'espère pour vous que ce n'est qu'un mauvais moment à passer. »

Il ne voulait vexer personne. Il avait été soufflé d'entendre Guerrec parler de négraille – un mot qu'il entendait pour la première fois – devant les trois filles. Elles n'avaient pas eu un battement de cils.

« Si vous êtes au Diamant, dit un enseigne à la voix caverneuse, vous devez connaître la femme à ce petit con de Montpouillan qui est passé chez de Gaulle en décembre dernier.

– Il m'arrive de la croiser.

– L'amiral est trop bon : il lui verse chaque mois la moitié de la solde de son mari. Il prétend qu'elle n'est pas responsable.

– Montpouillan et Brucheville sont des exceptions à la règle, intervint Guerrec. La règle, c'est le loyalisme absolu de la marine. »

Un grognement général l'approuva.

« Il n'y a que les nègres qui veulent foutre le camp, dit un capitaine de vaisseau aux yeux porcins. Vous savez la meilleure ? Ces couillons-là vous parlent de De Gaulle et de la Dissidence avec un D majuscule : ils croient que Dissidence est la femme de De Gaulle ! Nos patrouilleurs en chopent pas mal qui essaient de passer en gommier à la Dominique ou à Sainte-Lucie. Et hop ! au trou...

– Je vais vous laisser, dit La Rochelle en se levant. Je suis déjà en retard à mon rendez-vous. »

C'était maladroit. Un chœur de compliments emphatiques et de fines allusions le firent s'empourprer. Les filles riaient en montrant des gencives roses. Guerrec le força à se rasseoir en criant :

« Le coup de l'étrier, mon cher ! Ça ne se refuse pas !

– Rien de tel que le planteur pour bien planter ! » renchérit le capitaine de vaisseau porcin.

La fille assise à côté de lui passa le bras autour de sa nuque épaisse et, l'attirant vers elle, l'embrassa sur le sommet du crâne.

« On peut savoir où, ce rendez-vous ? demanda Guerrec.

– Un endroit nommé Didier. »

Mimiques et sifflements admiratifs. La Rochelle fronça les sourcils.

« Vous n'y êtes encore jamais allé ? s'étonna Guerrec. Le quartier rupin de Fort-de-France. C'est là que les békés ont leur maison de ville. Une jolie béké, peut-être ? »

La conversation repartit sur les filles békés qui, de l'avis général, flirtaient, se laissaient tâter les seins et les cuisses, ne couchaient pas et ne songeaient qu'à se faire épouser.

Le troisième punch acheva d'assommer La Rochelle. Il se leva en surveillant son équilibre et serra les mains alentour. Quand il prit dans la sienne la main aux ongles rouge vif de la fille qui avait embrassé le capitaine de vaisseau, elle lui gratta l'intérieur de la paume de son petit doigt replié.

« Vous y allez comment, à Didier ? s'inquiéta Guerrec.

– Je vais essayer de trouver un taxi. Ils ont l'air d'être rares.

– Plus de taxis, dit l'enseigne à la voix caverneuse. L'amiral les a supprimés. Il est même question d'interdire toute circulation dans Fort-de-France et d'évacuer une partie de la population.

– Tant pis, j'irai à pied. »

On se récria : par cette chaleur ? Même un nègre canerait.

« En bas de la Savane, dit une fille, à droite en arrivant à la mer, il y a Popaul Rimbaud, le marchand de poissons, qui fait le taxi avec sa camionnette. Vous verrez, il y a écrit dessus : *Chez Rimbaud, c'est trop moins cher...*

– Je descends avec vous », dit Guerrec.

Il accompagna La Rochelle jusqu'au trottoir, lui serra de nouveau la main qu'il garda dans la sienne en disant avec gravité :

« Ne vous méprenez pas sur cette ambiance bon enfant. Pour nous aussi, c'est en quelque sorte le coup de l'étrier. Tous les signaux nous annoncent que la bagarre est imminente. Peut-être ne vous reverrai-je jamais, mon cher camarade. Je forme pour vous les vœux les plus chaleureux, et vous savez qu'ils sont sincères. »

23

Le poissonnier roulait aussi vite que sa guimbarde le lui permettait. Un nègre tout en bras et en jambes, l'œil malin. Il avait accueilli La Rochelle froidement et d'abord refusé la course au prétexte qu'il était retenu par un client. Le prix exigé était démentiel, mais La Rochelle se sentait si mal qu'il avait renoncé à discuter. A cette heure-là, il faisait d'habitude sa sieste. Les trois planteurs lui barbouillaient l'estomac et une migraine riche d'avenir commençait de lui comprimer le crâne. Ses vêtements gluants de sueur lui collaient à la peau. L'odeur de poisson était écœurante. Malgré son antipathie pour le chauffeur, il se résigna à engager la conversation pour résister à la torpeur qui lui plombait les paupières :

« On dirait que vous êtes à la veille d'événements graves...

– Qui ? Moi ?

– La Martinique. Je parle du débarquement américain. Vous y croyez ?

– Si ça pète, les pêcheurs ne sortiront pas et je n'aurai plus de poisson à vendre.

– C'est un point de vue.

– C'est le mien.

– Vous vous fichez du reste ?

– Le reste, c'est votre affaire.

– Je ne vois pas pourquoi. »

L'homme le regarda en plissant les yeux :

« Vous n'êtes pas un officier au gouverneur ?

– Quel gouverneur ?

– Il n'y en a pas deux : Robert.

– Non.

– Vous êtes de la secrète ?

– Quelle secrète ?

– La police.

– Non. Je suis de passage.

– De passage, répéta le chauffeur d'un ton dubitatif. Ça fait une paye qu'on n'a pas vu des gens de passage, par ici. »

Le silence s'installa. La Rochelle avait trop mal à la tête pour fournir un effort supplémentaire. La camionnette avait quitté la ville et grimpait poussivement une route qui montait entre des parcs luxuriants d'où émergeait parfois une vaste toiture.

« Vous allez chez qui ? demanda le chauffeur.

– Le docteur de Propiac. »

L'homme se tortilla sur son siège.

« Vous le connaissez ?

– J'habite chez lui, au Diamant. »

Le chauffeur freina si brusquement que La Rochelle faillit se cogner la tête contre le pare-brise. Ahuri, il regarda la main tendue vers lui et la serra machinalement.

« Fallait le dire tout de suite ! s'exclama le chauffeur. Le docteur, il a opéré mon aîné de l'appendicite.

– Moi aussi, il m'a opéré de l'appendicite. »

L'autre réembraya et relança sa camionnette. Il souriait. La Rochelle avait rarement vu une physionomie passer aussi vite de la plus franche hostilité à la sympathie.

« Excusez-moi, mais on a intérêt à être prudent, chez nous à la Martinique. Un mot de trop et tu te retrouves au bagne.

– Au bagne ?

– Vous ne le savez pas ? Le gouverneur a ouvert un bagne. C'est la dictature, ici, monsieur. On se croirait revenu au temps d'avant Schœlcher. Nous autres, on n'a plus aucun droit. Robert a remplacé nos maires élus par des békés.

– Propiac est béké...

– Pas comme les autres, monsieur, pas du tout comme les autres ! Le docteur c'est le bon béké. Il n'aime pas le gouverneur et ne se gêne pas pour le faire savoir. »

Il tourna sur la droite et engagea sa camionnette dans une longue allée bordée d'arbres dont La Rochelle ignorait le nom.

« Vous voici arrivé, monsieur. Belle maison, faut le dire. Il la mérite bien, le docteur. »

C'était une maison de style colonial comme celle du Diamant, mais beaucoup plus vaste et haute de deux étages. Une galerie couverte faisait le tour du rez-de-chaussée, surplombant des massifs de fleurs.

La Rochelle se souleva pour extraire son portefeuille de sa poche revolver.

« Vous plaisantez, monsieur, dit le chauffeur en croisant les bras. Manquerait plus que je fasse payer un ami au docteur ! »

La Rochelle insista en vain et finit par tendre la main au chauffeur, qui lui broya les doigts. En un après-midi, il avait l'impression d'avoir serré plus de mains qu'au cours des trois derniers mois.

Il marcha vers la maison tandis que la camionnette faisait demi-tour. Avant de repartir vers la route, le chauffeur passa la tête par la portière et lança :

« Avec les Américains en face et nous qu'on va les pousser dans le dos, je les vois pas beaux, les marins au gouverneur ! Ils vont vite se retrouver le cul dans la flotte à engraisser mes poissons. »

24

La fille qui ouvrit la porte souriait avant même de l'avoir vu. La Rochelle pensa qu'elle devait attendre un petit ami et qu'elle se renfrognerait de déception en le découvrant. Mais le sourire persista et se fit même encore plus radieux.

Il n'avait jamais vu une fille aussi belle. Grande et svelte, des cheveux acajou clair qui tombaient en vagues sur ses épaules, des yeux immenses fendus en biais, comme d'une biche, les traits du visage d'une finesse extrême, la peau cuivrée. Elle devait avoir autour de dix-huit ans.

« Bonjour, dit La Rochelle. Je suis un ami d'Antoine de Propiac. Il m'a dit que je pouvais venir me reposer ici si j'en avais assez de marcher dans Fort-de-France.

– Le docteur m'avait prévenue, répondit la fille en s'effaçant. Personne n'a idée de marcher toute la journée dans les rues. Il fait trop chaud. Entrez donc. »

Il pénétra dans un grand hall dallé de marbre, meublé de quelques sièges en bois noir et d'un énorme coffre de marine à quadruple serrure. Un escalier partait du fond du hall. A gauche et à droite, deux portes à double battant grandes ouvertes. La première donnait sur une bibliothèque aux murs couverts de livres protégés par un fin grillage, l'autre sur une salle à manger dont la grande table ovale pouvait accueillir au moins une quinzaine de convives.

« Le fait est que je ne me sens pas bien », dit La Rochelle.

Il s'en voulait de ne pas pouvoir détacher son regard du visage de la fille. Elle devait le trouver ridicule. Ses fines narines palpitaient. Il recula d'un pas, conscient de puer la transpiration.

« Je vais vous apporter un planteur bien frais, annonça-t-elle.

– Surtout pas ! se récria-t-il en levant les mains. J'ai rencontré des amis – enfin, des gens qui m'ont déjà fait trop boire. Vous savez ce que j'aimerais ? M'étendre un petit moment. »

Les yeux de la fille pétillèrent et elle sourit de nouveau. Ses lèvres admirablement dessinées découvraient des dents d'une blancheur éclatante.

« Venez avec moi. »

Il la suivit. Une jupe coupée dans un tissu moiré qui lui était comme une seconde peau, un corsage bleu à manches courtes. Elle marchait sans balancer les épaules, le torse droit, les hanches mouvantes, les pieds se détachant à peine du sol. Une grâce qui évoquait la démarche nonchalante d'une panthère prête à bondir dans la seconde. A dire vrai, La Rochelle n'avait jamais vu une panthère marcher, fût-ce au cinéma, mais c'était l'idée qu'il s'en faisait. Les yeux fixés sur la cambrure de la fille, il songea qu'il n'avait suivi dans la matinée que des négresses, négligeant les quelques femmes blanches qu'il avait côtoyées. Ni noire ni blanche, cette fille lui rappelait quelqu'un, mais il se creusait en vain la tête.

Elle le précéda dans l'escalier. Ils s'engagèrent dans un long couloir au sol recouvert de tommettes rouges. La fille ouvrit une porte, entra dans une chambre plongée dans la pénombre et actionna aussitôt le ventilateur.

La Rochelle se laissa tomber sur le lit. C'était une mauvaise idée. Le plafond se mit à tanguer et il éprouva une forte envie de vomir. Il se trouvait grotesque. Trois malheureux planteurs. Il avait l'impression qu'un marteau tapait à l'intérieur de son crâne.

Debout près du lit, la fille le regardait.

« Je m'appelle Nadège.

– Moi, c'est Klaus. Merci beaucoup, dit-il en s'efforçant de sourire malgré son mal de tête. Je crois que je vais essayer de dormir un peu. »

Elle fit brusquement demi-tour.

Quand il se réveilla, elle était assise de biais sur le bord du lit et sa jupe remontait haut sur ses jambes brunes. Il posa la main sur ses cuisses, qu'elle écarta. La peau était douce, de plus en plus douce au fur et à mesure que sa main montait. Il atteignit une toison bouclée. Elle se pencha sur lui et commença à défaire la ceinture de son pantalon. Il la bascula sur le lit, se plaça entre ses deux jambes et acheva d'ouvrir les boutons de sa braguette. Il essayait en même temps de l'embrasser, mais elle se dérobait et il n'insista plus quand il comprit que son haleine devait être fétide. Si la migraine avait disparu, son estomac restait barbouillé. A part le baiser refusé, elle se prêtait du mieux qu'elle pouvait, retroussant elle-même sa jupe jusqu'aux hanches et remontant les genoux pour lui faciliter l'introduction. Son odeur l'excitait. Il s'enfonça dans du miel, gigota brièvement et jouit en se disant qu'il ne posséderait plus jamais une fille aussi belle. Il n'en finissait pas de décharger. Le Vieux, à qui ses trente-quatre ans conféraient une expérience sans commune mesure avec la leur, affirmait que le jus émis par un homme tenait dans une cuiller à café ou, pour les mieux pourvus, dans une cuiller à soupe. Il aurait parié qu'il en lâchait au moins une louche.

Les grands yeux bruns le considéraient avec gravité. Ou bien était-ce de l'étonnement ? Elle n'était pourtant pas vierge. Peut-être aurait-il dû se retirer avant d'éjaculer, comme Ilse l'avait exigé la nuit où ils avaient fait l'amour. Avec les putains, on évitait le problème.

Il se dégagea et s'accouda à côté d'elle. Elle ne bougeait pas. Elle était aussi ravissante de profil que de face.

« Tu ne vas pas te laver ? risqua-t-il.

– J'ai bien le temps.

– Tu n'as pas peur de...

– Je suis dans les bons jours. »

Soulagé, il sauta du lit et se débarrassa de son pantalon, de son caleçon et de sa chemisette.

« Tu sais ce que j'aimerais ? Une douche. »

Elle croisa les mains derrière sa nuque, ce qui fit saillir ses seins sous le corsage.

« Vous sortez, la porte en face c'est la salle de bains. »

Il alla à la porte de la chambre. Elle se grattait le nombril. Des filaments de sperme brillaient dans sa toison.

« Tu restes là ?

– Vous n'allez pas revenir ?

– J'ai rendez-vous avec le docteur à l'hôpital. »

D'une torsion des reins, elle pivota, lança ses longues jambes, se retrouva debout et, les yeux plantés dans les siens, arracha le drap et s'en servit, genoux ployés, ventre projeté, pour s'essuyer l'entre-jambes. C'était très étonnant de voir une fille aussi gracieuse se livrer devant lui à un geste aussi vulgaire.

La douche acheva de le remettre d'aplomb. La chaleur l'avait démoli au moins autant que les planteurs. En ville, elle stagnait entre les maisons, alors qu'au Diamant l'alizé avait au moins le mérite de remuer l'air. Et il piquait une tête dans l'eau quand il avait trop chaud.

A son retour, la chambre était vide. Il enfila avec une grimace ses vêtements encore poisseux. L'odeur de la fille se mêlait à celle de sa propre transpiration. Il était écrit que chacune de ses entrées à l'hôpital se ferait sous le signe de la puanteur.

Soudain, la mémoire lui revint. Elle ressemblait à ce médecin qui l'avait examiné sommairement sur la plage où les camarades l'avaient débarqué. La même peau cuivrée, la même finesse de traits.

Il descendit au rez-de-chaussée, explora la bibliothèque, la salle à manger, une salle de billard, un grand salon, un office, des débarras divers, et ne rencontra personne. La maison était déserte. L'idée lui vint que, comme au Diamant, la cuisine et le quartier des domestiques se situaient à l'écart de l'habitation principale.

Deux négresses, l'une à la peau jaunâtre, l'autre couleur anthracite, jouaient aux cartes dans la cuisine impeccablement rangée.

« Bonjour, dit La Rochelle. Nadège n'est pas avec vous ? »

La négresse jaunâtre haussa à peine les épaules et l'autre lança avec un petit rire :

« A votre avis ?

– Je voulais lui dire au revoir, expliqua La Rochelle, décontenancé. Je dois partir à l'hôpital.

– Prenez le vélo, indiqua la négresse jaunâtre.

– Quel vélo ?

– Celui qui est dans le garage, juste derrière. Le docteur a dit que vous le preniez. Pour aller à l'hôpital, ça descend tout le temps.

– Je ne connais pas le chemin.

– Vous demanderez. Dites que vous avez rendez-vous avec le docteur. »

Bernardine l'embrassa sur les deux joues, Marie-José lui ébouriffa les cheveux en l'appelant doudou, mademoiselle Jeannette lui pinça la peau du ventre et s'enquit de son poids, Napo le serra contre lui et lui tapa interminablement dans le dos en s'écriant : « Revoilà mon petit oberleutnant préféré ! », tout le monde s'extasia sur sa bonne mine. La Rochelle riait. Leur plaisir à le revoir le touchait. Lui-même avait l'impression idiote de retrouver de vieux amis.

Dans la voiture, il dit à Propiac :

« Vous saviez que j'irais à Didier.

– Même un Allemand ne peut pas marcher toute la journée dans un chaudron comme Fort-de-France.

– Nadège m'a très gentiment reçu.

– M'étonne pas. Mauvaise servante, feignante comme une couleuvre, mais bonne fille.

– Elle est belle.

– Sang coolie. Je veux dire indien. Vous mélangez avec du sang nègre, vous ajoutez une petite giclée de blanc, ça vous donne des femmes à tomber sur le cul.

– Vous croyez au mélange des races.

– Avez-vous rencontré beaucoup de *Gretchen* qui tiennent le coup face à Nadège ?

– Il n'y a pas que le physique.
– Il y a quoi ?
– Comment dire ? Le plan moral. »

Propiac tourna la tête vers lui. Éclairé par les lumières du tableau de bord, son crâne lisse luisait comme un œuf.

« Vous avez parlé morale avec Nadège ? »

Ils furent ralentis à quelques kilomètres du Diamant par un convoi de quatre camions militaires. Incapable de doubler, Propiac resta dans le sillage du dernier.

« Le hasard m'a fait tomber sur Guerrec, dit La Rochelle. D'après lui, l'attaque américaine est imminente.

– Je sais. Ils sont même convaincus que le débarquement aura lieu au Diamant. On n'a pas fini d'être emmerdés avec leurs conneries. Dites donc, en bonne logique, vous devriez vous battre aux côtés des marins de Robert contre les Amerloques. Même ennemi, même combat.

– Il n'en est pas question. »

Au sortir d'un virage, ils s'exclamèrent ensemble en découvrant le long pinceau lumineux qui, issu d'un lointain point brillant, zébrait la mer et balayait lentement la plage du Diamant.

« Qu'est-ce que c'est que ça ? demanda Propiac.

– Vous voyez bien. Un très puissant projecteur.

– Un bateau ?

– Je ne crois pas, dit La Rochelle. Il doit être installé à Sainte-Lucie, sur la côte nord, juste en face de nous. Les Anglais ont une base aérienne à Sainte-Lucie, mais dans le sud de l'île. »

Ils restèrent silencieux jusqu'à leur arrivée à la maison.

25

Journal d'Anne Montpouillan

Je ne supporte plus Suzanne et ses micmacs. Elle déplace mes affaires, il y a des choses qui disparaissent et que je retrouve deux ou trois jours plus tard dans des endroits invraisemblables, je trouve un drôle de goût à certains plats et j'ai l'impression que mes cheveux deviennent tout ternes et secs. Ils tombent peut-être un peu moins.

Ce matin, une nouveauté. Je me réveille en retard, la bouche pâteuse, aussi molle qu'une chiffe, comme si j'avais dormi vingt-quatre heures. En me levant, je remarque trois ou quatre poils frisés sur le drap. Je n'en perds jamais, même dans mes séances de frotti-frotta avec Milo-Sapho. Je me regarde la chatte et, pas de doute, on m'avait coupé une petite touffe de mes jolis poils roux. C'était sensible rien qu'en passant la main. Ça m'a fait un coup. Là, elle s'attaque vraiment à mon intimité. Elle a dû me faire avaler une saloperie de somnifère et, comme je dors toute nue, c'était facile pour elle de jouer des ciseaux. Sûr et certain que mes petits poils sont chez le quimboiseur. Ça me dégoûte et ça me fait peur. Il faut que je sois patiente. Oui, il faut que je sois patiente.

A part ça, elle a inventé un nouveau truc. Elle joue les chiens battus du matin au soir. Si je parle un peu fort – et c'est vrai qu'il m'arrive de parler fort, Maman disait toujours de moi : « Elle ne parle pas, elle hurle » –, elle fait des mines effrayées, avec des petits gestes pour se protéger comme si j'allais la taper à coups de chicotte.

Hier, Viviane, la femme de l'adjudant-chef qui commande la brigade du Diamant, est passée à la maison pour m'apporter un ananas. C'est sympa de sa part, parce qu'elle sait très bien que je ne suis pas en odeur de sainteté. Son gendarme de mari lui tire la tronche quand elle lui raconte qu'elle m'a vue. Elle s'en bat l'œil. Ses parents sont instituteurs dans le Limousin. Elle n'aime ni Pétain ni Vieux-Couillon. Chaque fois qu'elle se pointe, on s'embrasse et elle me dit : « Salut et Fraternité ! » J'ai beau m'y attendre, ça me fait toujours rire. Hier, Suzanne s'est surpassée dans son numéro d'esclave et Viviane ne riait plus du tout. Elle me regardait d'un drôle d'air. « Mais qu'est-ce que vous lui avez fait ? », elle m'a demandé. J'ai éclaté. Je lui ai tout raconté. Elle secouait la tête, elle faisait la grimace : « Vous ne pouvez quand même pas croire à ces histoires de jeteurs de sorts... » Le problème n'est pas que j'y croie ou non, le problème c'est que Suzanne y croit. A force, on finirait presque par y croire un peu. Je n'en parle plus à Bon-Satyre parce que je vois bien qu'il y croit plus qu'un peu. Les gens d'ici sont comme ça. Viviane est repartie très vite en me disant qu'elle avait un paquet à retirer à la poste. Je suis sûre que c'était un prétexte. Elle doit penser que je suis devenue une sale négrière. Si ça se trouve, elle regrette son ananas. Il était délicieux. Suzanne a refusé d'en manger. Je comprends la réaction de Viviane, parce que Suzanne et moi, avant, on rigolait ensemble comme deux copines, limite familier, au point que Joséphine, qui s'entend à faire la leçon à tout le monde, m'a dit un jour au marché que je devrais davantage garder mes distances. Je me suis retenue de lui dire que c'est à son père qu'elle aurait dû conseiller de garder ses distances avec Suzanne. Il couche avec elle, Bon-Satyre, en tout cas il a couché, mais il ne lui dirait pas un mot pour qu'elle me foute un peu la paix.

Il n'y a pas que Viviane. Les gens du bourg ont changé. Les commerçants me servent avec des regards fuyants. Plus question de me rajouter un petit truc par-ci, par-là. Je ne symbolise plus du tout. Hier en fin d'après-midi, je suis passée prendre Félicie et Gustave chez leur mère, Louisette Sapindieu. Gustave est un gros patapouf qui ne donnera rien d'extraordinaire, mais Félicie a vraiment du potentiel. Grande pour ses douze ans, souple comme une liane, une excellente synchronisation. Je leur apprends à nager. On va entre chez moi et Bon-Satyre, juste en face du béké quimboisé : c'est là que la mer est la plus calme. Louisette me regarde avec un air faux-jeton et me dit que non, pas aujourd'hui, pas demain non plus, non, ça les fatigue trop, les petiots, il paraît que l'institutrice se plaint. J'en suis restée baba. Elle qui n'arrêtait pas de me remercier, que ça fortifiait les petits, qu'elle avait un peu la paix quand ils étaient avec moi... Tu parles : elle a quatre enfants de quatre pères différents et elle a besoin d'un peu de temps libre pour se dégotter un cinquième étalon. J'avais la gorge serrée, presque envie de pleurer. J'ai fait demi-tour et qu'est-ce que j'entends qu'elle me dit dans mon dos ? « Ma pauvre dame, on sait bien que c'est pas de votre faute. » Gentille, compatissante. Je suis possédée. Un zombi ou je ne sais quoi s'est introduit en moi.

Du coup, mon cher petit journal, je suis bien

obligée de te planquer soigneusement. Ça m'étonnerait que Suzanne trouve où, mais je te fais quand même des petites cachotteries. On n'est jamais trop prudent.

Grosse engueulade avec Milo-Sapho. Ça a bardé. Je me demande si on pourra se raccommoder. Quand elle a commencé à me parler des tranchées, je me suis doutée que ça risquait de mal finir. Milo-Sapho et moi, on sait qu'on ne pense pas pareil et, d'habitude, on évite soigneusement les sujets brûlants. Là, c'est difficile, la politique, la guerre, tout ça débarque au Diamant. Ils ont creusé des tranchées sur la plage. Ils, c'est des soldats martiniquais, autant dire qu'ils y allaient calmement. Très calmement. Vieux-Couillon traite les Noirs si mal qu'ils ne vont sûrement pas se défoncer la paillasse pour ses beaux yeux. Même l'encadrement blanc n'y va que d'une fesse, comme on dit par chez nous, dans le Gers. Les fantassins ne peuvent pas piffer les marins, mais il y a autre chose. Luc me disait toujours que ses collègues de la biffe parlaient de De Gaulle sans grimper aux rideaux comme les gens de Vieux-Couillon. Ils ont malgré tout terminé le boulot. La plage en est défigurée. Je trouve ça d'un grotesque ! Verdun sous les cocotiers.

Milo-Sapho, pas du tout. Si elle avait l'usage de ses bras, la pauvre, je parie qu'elle s'engagerait comme cantinière. Enfin, pour servir les officiers et sous-offs blancs. Béké tu nais, béké tu restes. C'est là-dessus que c'est parti. Les békés, on ne m'ôtera pas de l'idée que l'abolition de l'esclavage leur reste en travers de la gorge. Pour eux, c'est le paradis perdu. Alors, forcément, ils adorent Pétain et son gauleiter Vieux-Couillon qui ont remis les Noirs à leur place. Il y a ce grand béké, dans le Nord, qui a placé à l'entrée de son usine à sucre une photo de Pétain deux fois grandeur nature, histoire que les ouvriers nègres comprennent bien qui est le maître. Si les Américains débarquent, ils savent que rien ne sera plus comme avant. Encore que... A voir la façon dont les Américains traitent leurs nègres, ils ne devraient pas se faire trop de souci.

Milo-Sapho m'aurait simplement dit ça, je me serais écrasée. Si je n'approuve pas, je peux comprendre. Chacun défend son bifteck. C'est grâce à l'argent de sa famille que Milo-Sapho mène son train de vie. Ses toiles, elle ne les vend pas, à part quelques-unes à des amis. Mais elle a osé me parler de patriotisme. Alors là, non ! Les békés n'ont que le patriotisme de leur fric. Je lui ai rappelé que, sous la Révolution, après la première abolition, ils se sont vendus aux Anglais pour conserver leur cheptel humain. Elle était folle de rage. « Oui, bien sûr, tu aurais préféré que ça se passe ici comme en Guadeloupe, où les esclaves révoltés ont exterminé les békés... » Elle s'est mise à pleurer. J'avais trop de peine, je l'ai prise dans mes bras, elle m'a flanqué un coup de boule. J'ai pleuré moi aussi, et on est restées un bon moment à chialer chacune dans notre coin comme deux idiotes. Finalement, je suis partie. Elle n'a pas dit un mot pour me retenir. La vieille et laide Yolande et la jeune et belle Rosalinde m'ont regardée sortir en me faisant une tête, on aurait dit que je venais d'assassiner leur maîtresse. Je comprends pour Yolande, qui a vu naître Milo-Sapho et se jetterait au feu pour elle, mais Rosalinde m'a énervée. On est vraiment sur une île de fous. Les Noirs savent parfaitement que les békés leur ont fait un mal terrible et qu'ils continuent à ne pas leur vouloir du bien, n'empêche qu'il y a entre eux quelque chose que je n'arrive pas à piger. Comme un truc de famille. J'ai un peu connu ça à Auch. On se débecte entre soi, on se dispute, on se flanque des peignées, mais on fait front face à l'étranger. J'ai beau être dans leur camp, pour les Noirs je reste une Zoreille et n'importe quel salaud de béké comptera toujours beaucoup plus que moi.

J'en ai marre. Si seulement les Américains se décidaient à débarquer...

Joli-Monstre prospère que c'en est une honte. Il est vrai qu'il n'a plus de mouron à se faire et qu'il se la coule douce. Pendant que ses copains naviguent entre deux eaux avec la trouille au ventre, il court, nage, se dore au soleil, bouffe comme quatre et – nouveauté ! – doit tirer son coup plus souvent qu'à son tour. Bon-Satyre a fait venir de sa maison de Didier une coolie de seize ans absolument superbe. Nadège. Drôle de prénom. Je ne sais pas pourquoi, ça me fait penser à la neige. La fille évoquerait plutôt la braise. Une démarche de reine, l'air de ne pas y toucher, mais il y a une façon de remuer son cul qui ne trompe pas une vieille grognasse. Avec ça, la vraie feignasse, Joséphine l'engueule tout le temps. Joli-Monstre fait mine de rien, et je n'ai pas tenu la chandelle, mais, si je devais parier, mon choix serait vite fait. A propos de chandelle, ils doivent être beaux à voir au dodo. La blondeur bronzée de Joli-Monstre emmêlée au corps vieil or de cette fille magnifique. Je me demande comment il fait l'amour. Si ça se trouve, il est nul. Elle, inutile de se poser la question.

A ce propos, un truc plutôt marrant. On court tous les matins ensemble, Joli-Monstre et moi, et il s'arrête à la maison, au retour, pour boire un jus de fruit. L'autre jour, histoire de le titiller, je vante la beauté de Nadège. Il prend un air gêné et finit par me dire : « Mais, vous aussi, vous êtes belle. » Je n'ai pas pu me retenir d'éclater de rire. Il doit penser que je suis jalouse qu'il m'ait préféré la fille. Mon petit bonhomme, j'avais envie de lui dire, je pourrais me mettre au lit avec toi tous les soirs que ce serait toujours l'hôtel du cul tourné. Même à Auch, dans ma folle jeunesse, je n'ai pas fait passer un seul blond à la casserole. De toute façon, à Auch, ils ne courent pas les rues, les blonds. Non, celui qui me tenterait, en ce moment, c'est Maurice. Il n'en est pas question. Suzanne sauterait sur l'occasion pour bavasser, et que je couche avec un Noir ferait trop plaisir à Vieux-Couillon et à sa clique. Ils se gênent, eux, pour s'envoyer les doudous ? Ceux qui ont fait venir leur femme de France entretiennent quand même une petite mulâtresse. Luc m'en a raconté de belles. Toujours cette injustice à laquelle je ne me ferai jamais : les hommes ont le droit de coucher avec des femmes de toutes les couleurs de l'arc-en-ciel, et plus il y en a, plus ils bombent le torse, et Joli-Monstre, qui, si j'ai bien compris leur truc racial, ne devrait toucher Nadège qu'avec des pincettes et en se bouchant le nez, y va de bon cœur, mais si une planche s'allonge avec un Noir, c'est la honte, elle est traitée comme une moins que rien. Ça me fait mal au bide.

Cela dit, sans fausse modestie, c'est vrai que je tiens le coup. Milo-Sapho me dit souvent que seule la sculpture rendrait justice à mon corps. Elle m'a peinte trois fois, dont deux nus, mais sa manière impressionniste me met du flou partout, je n'aime pas trop, je lui dis évidemment le contraire. Entre parenthèses, j'ai l'impression que ce n'est pas demain la veille que je vais me redéshabiller devant ma Milo-Sapho. De là à me comparer à une Nadège ou à une Rosalinde, il ne faut pas rêver. Avec mes vingt-huit ans et mon pif en coupe-vent, je joue deux divisions au-dessous. Encore une bonne raison pour rester raisonnable avec Maurice : il vient tout juste d'avoir vingt ans. Pour lui, je suis une vieille peau. Joli-Monstre n'a guère qu'un an de plus, mais lui, il a vécu.

Avec la vie infernale que me mène Suzanne, les soirées chez Bon-Satyre sont une bénédiction. Maintenant que je m'entends bien avec Joli-Monstre, j'adore me retrouver sur la terrasse à écluser tranquillement du rhum et à bavarder avec eux deux. On est bien. Hier, les Anglais ont rallumé leur projecteur. Il balaie toute la plage. Quand le pinceau lumineux arrivait sur la terrasse, il serait exagéré de dire qu'on était éblouis, parce qu'il y a quand même une sacrée distance, mais ça donnait une très jolie lumière, un peu comme quand on dîne aux bougies. J'avais envie de dire : « Je compte jusqu'à vingt et le projecteur s'éteint. » Bon-Satyre n'aurait pas apprécié, ni Joséphine qui est toujours là, debout contre son pilier. Elle refuse de s'asseoir, histoire de garder ses distances, je suppose. C'est quand même une drôle de situation. Il n'y a qu'ici qu'on voit des trucs pareils.

Bon-Satyre a parlé de la guerre. Elle reprend mauvaise tournure. Les Boches déboulent à toute blinde sur le Caucase. En Afrique, ils ont un nouveau général qui a l'air de vouloir prendre Le Caire et qui pourrait bien le faire. On s'est réjouis trop tôt, l'hiver dernier, quand les Russes les ont bloqués devant Moscou. On attendait déjà la Berezina. C'est reporté à une date ultérieure.

Joli-Monstre écoutait sans moufter. Pour lui, évidemment, ce sont de bonnes nouvelles. Il faut reconnaître que ce garçon sait se tenir.

Je leur ai parlé de mon projet d'excursion dans le Nord. Bon-Satyre a trouvé que c'était une excellente idée, l'occasion de montrer à Joli-Monstre la Trace, la forêt tropicale, tout ça. Il m'a dit qu'il fallait un guide. Je lui ai parlé de Maurice et de François.

Il connaît François et un oncle de Maurice. Je me demande s'il y a un seul Martiniquais que Bon-Satyre ne connaisse pas. Je lui ai dit que Maurice était copain avec un pêcheur de Grand'Rivière qui nous ramènera en gommier de Grand'Rivière au Prêcheur. Joli-Monstre était excité comme une puce. Je lui ai dit que Maurice m'avait prévenue : la balade fait vingt bons kilomètres sur un sentier qui n'arrête pas de monter et de descendre, avec des passages difficiles et par une chaleur à crever. Joli-Monstre m'a regardée et m'a dit que, si j'étais fatiguée, il me porterait sur son dos. Si les nazis se mettent à faire de l'humour, où allons-nous ?

Ouf !

Comme une lettre à la poste.

26

La Rochelle allait d'ébahissements en émerveillements. Il se trouvait ramené à ses dix ans et au livre illustré que ses parents lui avaient offert pour son anniversaire. L'action se déroulait en Amazonie. Il avait décidé de devenir explorateur. La résolution tint six mois.

La Delage avançait sur la Trace, l'ancienne piste remontant à la nuit des temps, entre deux masses vertes tranchées comme au couperet, deux murailles impénétrables. Anne Montpouillan s'arrêta devant la brèche d'une cascade et ils descendirent de la voiture. La Rochelle s'écarta du groupe. Il ressentait une exaltation mêlée d'effroi. La violence figée de cette multitude d'arbres dont aucun ne ressemblait à l'autre. L'ombre violette qui flottait au-dessus de la rivière. L'odeur était celle-là même de la mort. Une senteur fade de décomposition. Mais de cette pourriture naissait la vitalité prodigieuse qui lançait les fûts vers le ciel, à la conquête de la lumière. Les fougères étaient presque aussi hautes que les sapins de chez lui. Un épais lacis de lianes enserrait les branches, elles s'enroulaient les unes sur les autres avec des torsions de serpents frénétiques. L'énormité végétale émettait un bruit continu, presque un murmure, qui n'était pas celui du vent dans les feuilles, mais provenait du plus profond de ses entrailles, évoquant un lourd et interminable travail de digestion. Il perdurait sans interruption depuis le premier jour de la Création.

Ils repartirent. La Rochelle songea à son père. Il avait bien un peu raison. Pendant que l'Allemagne s'obstinait dans des plaines polonaises ou russes plates et tristes à crever d'ennui, Anglais et Français entassaient dans leur besace les joyaux de la planète.

Maurice parlait beaucoup. La Rochelle avait éprouvé une sympathie immédiate pour ce grand nègre baraqué au rire fréquent. François, c'était autre chose. Le teint plus clair, tirant sur le jaune, et, derrière les lunettes cerclées de fer, un regard que La Rochelle, assis devant à côté d'Anne, rencontrait sans plaisir chaque fois qu'il se retournait.

La rouquine conduisait bien. Ils étaient partis très tôt du Diamant avec Propiac, qu'ils avaient déposé à l'hôpital où les attendaient Maurice et François.

Dès le premier contact, La Rochelle avait perçu l'hostilité de François.

Au Morne-Rouge, ils prirent la route de Saint-Pierre, que La Rochelle aurait bien voulu visiter, mais ils n'avaient pas le temps, ce serait pour une autre fois, et montèrent vers Le Prêcheur. La montagne Pelée dominait le paysage. Une vraie montagne, pour le coup. A gauche, la route surplombait la mer.

Quelques kilomètres après Saint-Pierre, Maurice mentionna qu'ils passaient au lieu-dit Tombeau des Caraïbes. La Rochelle s'enquit de l'origine du nom. Les Caraïbes, expliqua Maurice, peuplaient la Martinique avant l'arrivée des premiers colons français, qui entreprirent de les réduire en esclavage. Les Caraïbes combattirent pour leur liberté et les derniers survivants se jetèrent du haut de la falaise dans la mer.

« C'est une légende, rien n'est sûr, commenta sèchement François.

– Tu rigoles ? Rappelle-toi le cours de Plenel. Les Caraïbes se sont laissé exterminer plutôt que de travailler pour les Blancs. Alors, le suicide collectif, pourquoi pas ?

– Les Noirs s'entendaient bien avec les Caraïbes ? demanda La Rochelle.

– Quels Noirs ? s'étonna Maurice. Il n'y avait pas

encore de Noirs. C'est justement pour remplacer les Caraïbes que les békés nous ont fait venir d'Afrique. Bon travailleur, le nègre. Aucune envie de se suicider. Avec son coup de rhum et une petite danse de temps en temps, il est content, le nègre.

– Arrête ! grinça François. Épargne-nous ton numéro d'oncle Tom.

– On a le droit de plaisanter, non ?

– Arrête », dit François d'un ton définitif.

La Rochelle se retourna pour poser une question, mais Anne plaça vivement la main sur sa cuisse et, d'une pression, lui fit comprendre qu'il valait mieux passer à autre chose.

Il tombait des nues. Pour lui, les premiers colons avaient trouvé sur place une population nègre. Il ignorait jusqu'à l'existence des Caraïbes. L'histoire de cette partie du monde ne figurait pas à ses programmes scolaires.

Intéressante, la tension entre les deux garçons. Il se sentait soulagé de n'être pas seul à subir l'hostilité de François. Un mauvais coucheur. La Rochelle n'entendait pas se laisser gâcher une journée qui promettait tant et lui avait déjà apporté beaucoup.

Ils abandonnèrent la voiture dans le petit village du Prêcheur, non loin d'une tour en ruine, et s'en furent boire un jus d'ananas sur la plage où une femme d'une cinquantaine d'années régnait sur quatre bidons rouillés faisant office de tables et huit caisses en bois sur lesquelles on pouvait s'asseoir. Les palmiers procuraient une ombre bienvenue. Assis en rang sur un muret, des pêcheurs ravaudaient leurs filets. Une dizaine d'enfants tapaient dans un ballon en poussant des cris perçants.

« On y va ? proposa Anne après avoir vidé son verre d'un trait.

– Quelle énergie ! admira Maurice. Rien ne presse, doudou. On prend son temps. Je paie une autre tournée. »

Le jus d'ananas était tiède.

Un chien pelé surgit, la truffe au ras du sable, suivant quelque piste. Maurice, soudain très prompt, ramassa un bout de planche qui traînait et le lança sur le chien, qu'il atteignit à la tête. L'animal s'enfuit en glapissant.

« On n'aime pas les chiens, dans ce pays, constata La Rochelle.

– Ils nous ont fait chier pendant trois siècles, répondit Maurice, on leur rend la monnaie.

– Les békés avaient des meutes dressées à rattraper les marrons, expliqua François. Les marrons, c'étaient les esclaves qui s'échappaient des plantations pour aller vivre sur les mornes. Enfin, ceux qui n'étaient pas mis en pièces par les clebs. »

Il fixa Maurice et conclut en tapant son verre sur le bidon pour ponctuer ses mots :

« La preuve qu'ils n'étaient pas tous des bons nègres obéissants.

– Fous-moi la paix », dit Maurice en se levant.

Il rejoignit en courant le groupe d'enfants, subtilisa le ballon et, entouré d'un essaim de gamins, entreprit de dribbler jusqu'aux buts matérialisés par deux noix de coco. François ne tarda pas à le suivre.

« Ici, rien n'est simple, comme vous voyez, dit Anne à mi-voix.

– Je suis désolé.

– Vous n'y êtes pour rien. Ce n'est pas votre histoire.

– Blanc comme neige.

– Pour une fois. »

Ils échangèrent un sourire.

Anne était vêtue d'une jupe en lin beige, ample et légère, et d'un bustier vert en tissu fin retenu aux épaules par d'étroites bretelles. Chaque fois qu'elle levait le bras, elle révélait une broussaille collée par la transpiration. La forte odeur des rousses faisait l'objet de plaisanteries sans fin chez ses camarades, mais elle n'avait jamais gêné La Rochelle, bien au contraire. Il aimait les odeurs. L'île l'avait d'abord ébloui par la violence de ses couleurs. Le temps passant, il jouissait davantage encore de ses parfums. S'il était toujours en vie dans dix ou quinze ans, il savait qu'il lui suffirait de fermer les yeux pour retrouver la senteur musquée de Zéphyrinte.

Maurice shoota. Le goal gringalet bloqua, tomba en arrière sous la puissance du choc et laissa échapper la balle qui roula entre les noix de coco. Une partie des gamins applaudit tandis que l'autre vociférait. Maurice leva les bras en l'air. François essuyait en riant les verres embués de ses lunettes.

27

A la sortie du village, ils traversèrent à gué une rivière. Des lavandières aux seins nus frappaient à coups de battoir leur linge étalé sur une pierre plate. Les seins nus étonnèrent La Rochelle. On n'en voyait pas au Diamant. Maurice marchait en tête, portant le sac à dos contenant le pique-nique préparé par Joséphine et les maillots de bain. Le chemin allait s'étrécissant et ne fut bientôt plus qu'un sentier. Il longeait d'abord la mer, donnant vue sur des anses au sable noir, ourlées par une végétation sauvage, puis s'enfonçait dans la forêt.

Si La Rochelle ne ressentait plus l'espèce d'effroi instillé par la démesure tropicale de la Trace, l'exultation demeurait. La forêt allemande, qu'il avait beaucoup arpentée, n'était en comparaison qu'un jardin d'agrément. Le Diamant lui-même paraissait hautement civilisé. Il découvrait ici la Création dans sa vérité originelle.

Anne et Maurice s'étaient laissé décrocher et fermaient la marche à une centaine de mètres. La Rochelle allait en tête, accélérant le pas quand il entendait François revenir sur lui. Il n'avait aucune envie de lui parler.

Les arbres stoppant l'alizé, la touffeur était accablante. La Rochelle ruisselait. Il avait pensé faire la balade en short, mais Propiac lui avait fortement conseillé le pantalon long pour se protéger des piqûres de bestioles.

Le danger se présenta pourtant à hauteur de ses yeux. Au centre de sa toile translucide, une monstrueuse araignée. Il faillit donner de la tête dedans et l'évita au dernier moment d'un mouvement si brutal qu'il entendit craquer ses vertèbres cervicales. L'araignée velue était plus grosse que le poing. Elle ne bougea pas. Il la contemplait avec horreur, le cœur affolé.

« Une matoutou-falaise, dit François en le rejoignant.

– J'ai eu de la chance. On m'a dit que sa morsure était mortelle.

– Mais non. Elle vous file une grosse fièvre, c'est sûr, mais je n'ai jamais entendu dire que quelqu'un en était mort.

– Je préfère quand même ne pas tenter l'expérience.

– Vous voulez que je marche devant ? »

L'ironie était sensible. La Rochelle ne comprenait pas pourquoi ce type avait voulu venir, si sa présence lui était à ce point insupportable.

« Je crois que je vais les attendre, dit-il. Envie de boire un coup. »

Anne et Maurice arrivèrent.

« La belle mygale ! s'écria Anne.

– Je te l'attrape ? proposa Maurice.

– Tu ne serais même pas cap... »

Maurice tendit la main, paume ouverte, vers la boule velue. La Rochelle lui écarta le bras.

« Il plaisantait, dit Anne. Même un fou comme lui ne prendrait pas une mygale dans sa main. On peut en mourir.

– Mais non, dit La Rochelle d'un ton léger. Une forte fièvre, c'est tout. On s'en remet. En attendant, je meurs de soif. »

Maurice se débarrassa du sac et en sortit l'une des deux bouteilles Thermos. L'eau était encore relativement fraîche.

« Vous connaissez bien les mygales ? demanda Anne en s'essuyant la bouche.

– Mon père en faisait l'élevage, répondit La Rochelle. J'aimais beaucoup jouer avec elles.

– Drôle d'idée !

– Nous sommes comme ça. »

Après deux heures de marche, ils arrivèrent à un ruisseau et décidèrent que c'était l'endroit idéal pour pique-niquer. Le courant assez vif faisait contre les grosses pierres un bruit rafraîchissant.

« Je reconnais le coin, dit Maurice en posant son sac. A pas deux cents mètres d'ici, il y a un poirier-pays. »

Il traversa le ruisseau en sautant de pierre en pierre.

« Je vais avec toi », dit Anne.

La Rochelle et François s'assirent au bord du ruisseau. La Rochelle s'éprouvait plus fatigué qu'il ne l'avait prévu. La chaleur, probablement. Et le sentier très accidenté, tout en grimpettes et en descentes abruptes. Il ôta les chaussures de marche prêtées par Propiac, retira ses chaussettes et plongea les pieds dans l'eau froide en remuant les orteils.

« Vous devriez le faire, conseilla-t-il à François. C'est réellement très agréable.

– La flemme... »

Une dizaine de minutes s'écoulèrent sans qu'ils échangent un mot.

« Mais qu'est-ce qu'ils font ? s'étonna La Rochelle qui avait une faim de loup.

– On se le demande. »

Cette voix grinçante. Le sourire était lui aussi déplaisant.

« Vous êtes scandalisé ? demanda François sans cesser de sourire.

– Je ne suis pas son mari.

– Je pensais à vos idées. »

La Rochelle poussa un soupir, s'étendit sur le dos et ferma les yeux, les pieds toujours dans l'eau.

Le cri de Maurice le tira d'un début d'assoupissement :

« Sors de là ! »

Il se redressa, ahuri, cherchant à qui s'adressait l'injonction.

« Sors tes pieds de la flotte ! »

Il obéit. Maurice traversait le gué. Anne suivait, l'air modeste.

« On ne fait pas trempette dans les rivières de par ici, mon vieux, expliqua Maurice. Ça grouille de petites saloperies, des vers que tu ne vois pas à l'œil nu et qui te rentrent sous la peau. » Il se tourna vers François : « Comment ça s'appelle, déjà ?

– Des bilharzies.

– Voilà : des bilharzies. Quand tu chopes ça, tu te sens crevé, tu ne peux plus te traîner...

– Quelquefois, on en meurt », précisa François.

Tous le regardèrent. Il continuait d'arborer son sourire exaspérant. Anne rompit enfin le silence :

« On casse la croûte, les garçons. »

Ils s'assirent en rond au bord du ruisseau et Anne distribua les sandwiches au poisson préparés par Joséphine, puis les fruits. La Rochelle l'observait en douce. Elle était normale. Il ne parvint pas à intercepter un seul regard de connivence avec Maurice, lui-même ne semblait se soucier que d'avaler le maximum de nourriture dans le minimum de temps. Sa voix, d'ordinaire trompettante, était peut-être un peu assourdie. Elle relevait toujours du même geste impatient la mèche rousse qui lui tombait sur l'œil gauche. Mais, à la fin du repas, elle eut une rotation du buste pour récupérer les épluchures de banane qu'elle avait jetées derrière elle. Dans le mouvement, ses jambes s'écartèrent largement et La Rochelle aperçut, partant de sa culotte blanche, deux filets argentés, comme des traces d'escargot, qui descendaient sur la face interne de sa cuisse droite jusqu'au-dessus du genou.

28

Grand'Rivière plut à La Rochelle. Un gros bourg bâti au débouché d'une rivière dans un site d'une âpreté impressionnante. La Rochelle admirait qu'une île si petite offrît tant de différences entre son sud et son nord. Une soixantaine de gommiers étaient tirés sur le sable. Maurice vanta les pêcheurs du coin, les meilleurs de la Martinique, que le mauvais temps ne retenait pas d'aller chercher à Miquelon les thons et les dorades.

Quand ils se présentèrent à la petite maison de Saturnin, qui devait les ramener au Prêcheur, une femme d'une trentaine d'années, un bébé dans les bras, une fillette de deux ou trois ans accrochée à sa jupe, un garçonnet suçant pensivement son pouce derrière elle, se lança dans une véhémente diatribe en créole. Maurice parvenait difficilement à placer un mot. Très énervée, la femme écrasait parfois le bébé contre ses seins et il se mettait à pleurer. Elle s'interrompit brusquement et leur claqua la porte au nez.

« Saturnin vient de la plaquer pour une autre, résuma Maurice.

– Elle habite où, l'autre ? s'enquit Anne.

– Elle dit qu'il n'y a qu'à demander la maison de la putain.

– C'est commode... »

Ils errèrent dans le bourg. Maurice et François interrogeaient en créole les passants ou les vieux assis sur une chaise devant leur seuil, et La Rochelle s'exaspérait de ce que chaque question, au lieu d'obtenir une réponse courte et précise, déclenchât une conversation qui n'en finissait pas, ponctuée par force éclats de rire. Il avait envie de se baigner.

Ils finirent par trouver Saturnin dans une épicerie-buvette, penché sur une très jeune serveuse assise derrière le comptoir, à qui il parlait à l'oreille. Un petit homme à la peau très noire, pourvu de bras étonnamment musclés. Il ne parut pas fort heureux de les voir arriver. Maurice lui tapa sur l'épaule en lui parlant en créole. Saturnin s'arracha au comptoir et sortit avec eux. La jeune serveuse ne semblait pas fort heureuse de les voir partir.

« Ta nouvelle fiancée ? demanda Maurice quand ils furent dehors.

– Non, la prochaine », répondit Saturnin avec un clin d'œil.

Ils tirèrent et poussèrent le gommier jusqu'à la mer, de l'eau aux genoux, après avoir placé chaussures et chaussettes à l'intérieur de la coque, puis se hissèrent l'un après l'autre. Il fallait franchir une sorte de barre. La vague était assez haute pour mériter la vigilance. La Rochelle apprécia la sûre élégance de Saturnin. Lui-même était heureux de se retrouver sur un voilier, fût-il de pêche. A Hambourg, les coupes gagnées en régate occupaient une étagère de sa chambre. Avec sa voile quadrangulaire proportionnée à ses dimensions, le gommier tenait convenablement la mer. Un peu lourd, pas vraiment manœuvrier, mais on ne demande pas à un bateau de pêche de jouer les lévriers des mers. Par temps chahuté, mieux valait sans doute ne pas sortir. Il avait observé la grande prudence des pêcheurs du Diamant.

La côte défilait à babord. Ils passèrent au pied de falaises d'une hauteur remarquable. Puis Anne demanda à Saturnin de la laisser barrer. L'homme hésita. Il regardait Maurice, l'air embarrassé. Anne protesta qu'elle avait barré des bateaux autrement conséquents qu'un gommier. Saturnin lui céda sa place. La Rochelle ne fut pas convaincu. Elle barrait sans finesse, à l'énergie, fatiguant le gommier. Elle ne faisait pas corps avec lui. François et Maurice la complimentèrent. Saturnin se taisait. Elle lui rendit la barre au bout d'un quart d'heure. Le pêcheur mit le cap sur une petite anse au sable noir creusée dans le roc et bordée d'une végétation si dense qu'elle n'était accessible que par la mer.

Ils tirèrent le gommier sur le sable et enfilèrent leurs maillots de bain. François et Maurice se mirent à l'écart pour se déshabiller. La Rochelle s'étonna d'une telle pudeur chez des garçons de son âge et en un lieu où personne ne risquait de les voir. Anne fit moins de manières. Il admira ses fesses musclées d'une blancheur de porcelaine. François avait un corps banal. Quant à Maurice, La Rochelle n'avait pas attendu de le voir en slip pour savoir qu'il était admirablement bâti.

Un masque de plongée sur le visage et un harpon dans la main droite, Saturnin était déjà parti à la recherche de poissons.

Quand ils furent las de nager, Anne proposa une joute. Elle se plaça à califourchon sur les épaules de La Rochelle, tandis que François s'installait sur celles de Maurice. Le jeu consistait à désarçonner le cavalier adverse. Anne fut jetée à l'eau quatre fois de suite, entraînant La Rochelle dans sa chute. Il suffoquait, car les longues cuisses blanches tachetées de son lui prenaient le cou en étau. Entre deux assauts, les cavaliers invectivaient leur monture, ou l'inverse, et c'est en riant qu'ils repartaient à la charge. Après sa quatrième chute, Anne proclama que son cheval ne valait pas le clou pour le ferrer et exigea de monter Maurice. François s'installa sur les épaules de La Rochelle. Ses fesses étaient plus molles que celles d'Anne. Il avait complètement changé d'attitude depuis l'épisode du ruisseau, une jovialité cordiale succédant à son agressivité. La Rochelle renonçait à comprendre et se bornait à apprécier le changement. La lutte fut plus longue et plus indécise, mais, après une première victoire, François fut désarçonné trois fois de suite. La Rochelle, crachant l'eau et la soufflant par les narines, finit par avouer qu'il en avait marre de boire la tasse. Maurice répondit que la place d'un sous-marinier était sous l'eau. Anne fit observer à La Rochelle qu'il était le grand perdant du jeu. Il en convint. Maurice était inébranlable. A leur sortie de l'eau, tous quatre se tutoyaient.

29

Mademoiselle Jeannette les avertit que le docteur procédait à l'amputation de la jambe d'un vieux monsieur diabétique et qu'il en avait encore pour une bonne heure. La Rochelle proposa à Anne d'aller attendre dans le jardin. Ils avaient déposé Maurice et François à la Savane.

Il retrouva son banc avec plaisir. La nuit était tombée. Les chétives lumières de la ville ponctuaient l'obscurité, telles des lucioles figées. L'alizé soufflait plus fort qu'à l'ordinaire. C'était bon de sentir sa caresse sur la peau après la touffeur suffocante de la forêt.

« J'ai passé des heures sur ce banc après mon opération. Je m'y trouvais bien.

– Une convalescence laisse toujours de bons souvenirs. Je sais ce que c'est : j'ai été tubarde, dans ma jeunesse.

– Tubarde ?

– Tuberculeuse. Pas grand-chose, mais quand même, on m'a fait un pneumo. Un pneumothorax. J'avais dix-huit ans. Je suis comme vous, je garde un bon souvenir de ma convalo à Cambo-les-Bains. »

Elle reprenait le voussoiement.

En vérité, son séjour à l'hôpital paraissait très lointain à La Rochelle. Si on lui avait annoncé à l'époque qu'il passerait une journée jouissive en compagnie de deux nègres et de l'épouse d'un officier gaulliste, il ne l'aurait pas cru. Il avait couché avec une négresse. Enfin, une coolie. Cet après-midi, il avait eu sur la nuque, séparée de sa peau par une mince bande d'étoffe, la chatte de cette femme blanche qui venait de se faire défoncer par la queue d'un nègre. Il trouvait que la vie se compliquait.

« Si j'avais su, dit Anne, j'aurais déposé Maurice et François chez eux. J'avais peur de faire attendre Antoine.

– Maurice est très sympathique.

– Pas François ?

– Moins.

– Ils sont sur la même longueur d'onde, n'allez pas croire, dit Anne en riant.

– Quelle longueur d'onde ?

– Soyez sérieux, l'ami, lança Anne de sa voix sonore. La race supérieure, le surhomme aryen, tout le truc, je ne peux déjà pas l'encaisser, alors vous pensez bien que des Noirs apprécient encore moins. »

La Rochelle se renfrogna. Il avait l'impression d'être un vieil étudiant qu'on interroge sur des matières oubliées depuis longtemps. La Hitler-jugend se situait dans une vie antérieure.

« Dans la Kriegsmarine, nous ne sommes pas obsédés par ça. Il est difficile pour un marin allemand de considérer ses adversaires anglais comme appartenant à une race inférieure. L'histoire nous inciterait plutôt à la modestie. La marine française aussi a un passé qui en impose.

– Vous avez raison. S'il y a une race inférieure, c'est bien les Italiens, et pourtant mon mari disait toujours que leurs marins se débrouillent. Il paraît qu'ils ont des nageurs de combat formidables.

– Vous estimez que les Italiens sont des sous-hommes ? s'étonna La Rochelle.

– Des vrais fumiers ! Ils nous ont poignardés dans le dos en juin 1940 quand ils ont été sûrs que vous nous aviez mis la raclée. Ma sœur, qui avait quitté Paris avec ses deux enfants, a été bombardée sur la route par ces salopards de macaronis. Je les vomis.

– On marche un peu ? » proposa La Rochelle.

Avec ses manières de gros matou furtif, Propiac arriva silencieusement derrière eux alors qu'ils étaient côte à côte sur la galerie extérieure de l'hôpital, et les saisit aux hanches. Anne poussa un cri aigu. La Rochelle, qui était très chatouilleux, sauta en l'air.

« Alors, les enfants, la journée a été bonne ?

– Épatante, répondit Anne. Il faudra recommencer. »

Quatrième partie

30

La Rochelle n'avait pas recouché avec Nadège. Le désir l'en tourmentait surtout pendant la sieste. Un après-midi, alors qu'il sommeillait nu sur son lit, protégé par la moustiquaire, des doigts avaient glissé sur les lamelles de bois comme sur les cordes d'une guitare, et leur raclement répété avait entamé sa résolution. Il s'était branlé en vitesse pour échapper à la tentation d'ouvrir sa porte à la fille. Cet épisode mis à part, elle ne le provoquait nullement. Elle attendait qu'il se décide. Il croyait lire sur son visage plus d'étonnement que de désir. Éprouvait-elle d'ailleurs du désir pour quelqu'un ? Sans orgueil ni modestie, elle semblait vouée au culte de sa seule beauté, à l'instar de ces prêtresses de l'Antiquité dont La Rochelle avait oublié le nom. Peut-être était-elle tout simplement idiote. Il se savait démuni pour porter un jugement fiable en ces matières. Quand l'envie le tenaillait d'écarter les jambes couleur de cuivre, il convoquait le souvenir de Nadège, genoux ployés, s'essuyant l'entrejambes avec le drap du lit. Il n'aurait su dire pourquoi ce geste le dégoûtait. La plupart de ses visites aux putains de Kiel ou de Lorient finissaient par un brin de conversation tandis qu'il se rhabillait et que la fille, assise sur le bidet, se lavait le vagin. Nadège était-elle autre chose qu'une très jeune et très jolie putain mise à sa disposition par Propiac ?

C'était à Propiac qu'il résistait. L'embuscade de Didier, passe encore, mais l'installation de Nadège au Diamant, La Rochelle l'avait vécue comme une démarche si grossière qu'il pouvait à bon droit s'en trouver vexé. Il n'était plus le petit garçon dont sa mère obtenait à peu près tout avec la promesse d'une tartine de confiture de myrtilles. Les ficelles du chirurgien étaient si épaisses qu'elles en devenaient presque amusantes. La Rochelle voyait clair dans son jeu. L'objectif consistait à le dissoudre dans les plaisirs aussi sûrement que le sucre dans sa tasse de café. Propiac devait estimer que la besogne était en bonne voie. Grand bien lui fasse ! Sans nier l'amollissement délicieux qui le dénouait depuis son arrivée dans l'île, La Rochelle avait trop l'expérience des provisoires métamorphoses pour s'en inquiéter sérieusement. Il avait appris que les fiers sous-mariniers du Reich, élite du peuple allemand, se transformaient après une semaine de mission en créatures sales et puantes qui subissaient le premier grenadage avec la peur abjecte de rats promis à la noyade. On se faisait à ces alternances. La parenthèse martiniquaise refermée, nul doute qu'il redeviendrait ce qu'il avait été. Propiac ne pouvait pas savoir à quel point il en avait la certitude. Mais La Rochelle se refusait à lui donner la satisfaction d'une victoire, fût-elle éphémère et factice, encore qu'il lui arrivât de penser qu'il était bien sot de se priver d'un plaisir offert comme sur un plateau.

Une tentation à laquelle il ne résistait pas, c'était celle de se relever, le soir, et d'aller se tapir contre les persiennes de la chambre de Propiac pour écouter la mélopée de Zéphyrinte en travail d'amour. Il s'étonnait de ce qu'une gorge féminine pût produire tant de sons contrastés : halètements de bûcheron, roucoulades de tourterelle amoureuse, grognements de truie en chaleur, gémissements pouvant exprimer aussi bien le plaisir que la douleur, rires cristallins de petite fille qui sonnaient incongrus dans le concert, et le cri de ventre venant en point d'orgue, parfois au terme d'une lente montée vocale conduite ou accompagnée par les halètements râpeux de Propiac, parfois jailli si inopinément que La Rochelle en sursautait. Il était comme le voyageur assistant à une célébration dont le cérémonial lui demeure mystérieux. Renée, la putain la plus coopérative qu'il eût jamais pratiquée, fermait les yeux dès qu'il l'avait pénétrée et rythmait ses poussées par des « Ah ! Ah ! Ah ! » lancés à une cadence de plus en plus rapide, au point qu'une fois, gagné de vitesse et peu désireux de suivre, il s'était arrêté. Elle avait machinalement continué de lancer deux ou trois « Ah ! », puis avait ouvert les yeux et lui avait demandé d'une voix placide : « Qu'est-ce qu'il y a, petit lapin, ça ne va pas ? » Il s'y était remis, mais avec l'impression mitigée de faire l'amour au pas cadencé.

Une nuit, Nadège le surprit. L'oreille collée aux persiennes, La Rochelle ne l'avait pas entendue venir. Son rire l'alerta. Un petit rire contenu et méprisant. Elle était drapée dans une étoffe bariolée qu'elle retenait d'une main si négligente qu'un sein pointait et qu'il devinait entre ses cuisses la fourrure d'écureuil éclairée par un rayon de lune. Elle secoua la tête comme si elle se trouvait confrontée à un phénomène aberrant qu'il valait mieux ne pas essayer de comprendre, fit demi-tour et disparut dans l'ombre. La Rochelle s'attendait à s'éprouver pétrifié de honte, mais constata qu'il se foutait totalement d'avoir été surpris dans une position aussi embarrassante.

On s'habituait à la loucherie de Zéphyrinte. C'était tantôt l'œil droit, tantôt le gauche qui vous fixait, et l'autre filait alors vers l'extérieur. La Rochelle savait désormais quand elle le regardait. Elle avait de longs cils recourbés, un nez court légèrement busqué, des lèvres bien ourlées, une peau au grain serré qui évoquait le satin. Le moins plaisant était cette voussure, ces gestes étriqués, un effacement qui contrastait si fort avec la grâce souveraine de Nadège et la paisible assurance de Joséphine, maîtresse de maison incontestée. Aussi La Rochelle ne reconnut-il pas Zéphyrinte au premier coup d'œil quand, sa sieste écourtée à cause d'une crise d'aérophagie qui rendait incommode la position allongée, il sortit sur la pelouse et vit une fille vêtue d'un maillot de bain noir et coiffée d'un bonnet rouge entrer dans la mer. Elle avait cette démarche harmonieuse dont La Rochelle admettait volontiers qu'elle était un privilège que bien peu de femmes de son pays auraient pu contester aux négresses. Il identifia Zéphyrinte à la couleur noisette de sa peau. Elle allait, les épaules hautes et les reins cambrés, parfaitement équilibrée. Elle barbota quelques minutes, puis fit la planche, épanouie et déliée, doucement portée par la houle.

Il la rencontrait parfois au marché du bourg,

où Joséphine l'envoyait faire les courses. Là aussi, elle se montrait fort différente de l'humble servante dont elle tenait le rôle à la maison. On venait lui parler avec quelque chose qui ressemblait à de la déférence. Elle écoutait patiemment les tirades enfiévrées de Suzanne, la servante d'Anne Montpouillan, et la calmait d'une pression sur l'épaule. Elle connaissait aussi Majesté Biencontent, le pêcheur qui avait rapporté une poignée de marks de sa pêche à Miquelon et avec lequel La Rochelle ne manquait jamais d'échanger quelques mots lorsqu'il le croisait sur la plage ou dans le bourg. A la vérité, elle connaissait tout le monde et semblait jouir d'une autorité ou d'un prestige inexplicables. La Rochelle l'aborda alors qu'elle parlait avec Biencontent. Le pêcheur, d'ordinaire chaleureux, lui serra mollement la main, et la conversation ne reprit qu'après qu'il se fut éloigné. Même accueil réservé de la part de Suzanne, qui interrompit sa diatribe dès qu'elle le vit s'approcher d'elle et de Zéphyrinte. Elle lui avait toujours témoigné de la sympathie.

Il s'ouvrit de sa perplexité à Propiac. Le chirurgien avait pu s'échapper tôt de l'hôpital et, après s'être baignés, ils regardaient, assis sur le sable, le soleil se coucher derrière le morne Larcher. Après les premières heures de la matinée, qui lui étaient un pur bonheur, c'était le moment de la journée que préférait La Rochelle.

« Parfait ! s'exclama Propiac en riant. Ici, quand vous commencez à comprendre que vous ne comprenez rien aux nègres, vous entrez sur le chemin de la connaissance. Étant entendu que vous n'irez pas loin.

– Même vous ?

– Même moi, qui suis sur cette île depuis deux siècles.

– Ils sont à ce point différents ?

– Mais non, n'allez pas me ressasser vos théories fumeuses.

– Je ne ressasse rien. C'est toujours vous qui me questionnez.

– Vous savez ce qu'on va faire ? Je vais vous emmener dîner demain ou après-demain chez mon frère Bernard. Vous visiterez l'habitation. Chez nous, les grands domaines békés, on les appelle des habitations : l'habitation Propiac, l'habitation Hayot, Dorn, Raynal, etc. A propos, le jeune Joseph de Raynal vient de se faire mettre au trou pour six mois par ce grand con de Robert : il avait collé un « V » tricolore sur sa voiture. Vous voyez où nous en sommes ? Arborer les couleurs nationales devient un délit. C'est pourtant pas le genre béké de ruer dans les brancards. Ils se bousculeraient plutôt pour lécher la raie de l'amiral. Me plaît bien, le petit Joseph...

– Et vous, il ne vous arrive jamais rien...

– Ils touchent à un seul des cheveux que je n'ai plus, vous savez ce qui se passe ? L'hôpital se met en grève aussi sec, les Terre-Sainville descendent sur la Savane, les communes commencent à grogner. Ça fait vingt ans que j'opère dans cette île, mon petit vieux, j'en ai tué pas mal, je vous l'accorde, mais j'en ai aussi sauvé beaucoup, et s'il y a quelque chose qu'on ne peut pas dénier aux nègres, c'est la mémoire. Saloperie ou bienfait, ils n'oublient pas. On remonte se prendre un punch ? J'ai soif. »

Propiac vantait à tout propos les vertus désaltérantes du rhum, et le pire était qu'il avait l'air d'y croire.

Le temps de se doucher, la nuit était tombée. Le concert de crissements et de grincements battait son plein. Un crapaud-buffle s'égosillait tout près. Les yeux fermés, Propiac dégustait son rhum.

« Quand on fait de vous un esclave, murmura-t-il de sa voix rauque, quand vous appartenez au maître au même titre que son cheval ou son chien, qu'est-ce qui vous reste ? Le secret. Les petits secrets minables ou terrifiants. Je vous parle du temps de l'esclavage, mais ce n'est pas si loin : moi qui suis né en 1888, j'ai grandi au milieu d'anciens esclaves. Les nègres avaient peur des békés et les békés avaient peur des secrets des nègres. On avait un voisin, on l'a d'ailleurs toujours, enfin son descendant, et ce type avait comme tous les békés une trouille bleue que ses nègres se révoltent. Ça, il faut reconnaître que quand ils s'y mettaient, ils ne faisaient pas le détail. Alors le voisin avait recruté des informateurs, une sorte de service de renseignement interne, et il était si bien au courant des manigances que ses nègres se sont mis dans le crâne qu'il avait le pouvoir de se transformer en lapin et qu'il venait rôder la nuit près des cases pour écouter leurs palabres. Vous me suivez ? Inutile de vous dire que les lapins n'avaient pas la grosse cote auprès des nègres. Un jour qu'une équipe travaillait à réparer un pont, elle voit passer un lapin. Les nègres ramassent des pierres et caillassent la pauvre bête qui parvient à s'enfuir sur trois pattes, la quatrième cassée. Le voisin l'apprend. Savez-vous ce qu'il fait ? Le lendemain, il se présente avec le bras en écharpe. Il a pu dormir sur ses deux oreilles pendant quelques mois. Vous saisissez ?

– Je ne suis pas sûr...

– Je veux dire qu'à force d'avoir peur les uns des autres depuis des siècles, on se connaît un petit peu entre békés et nègres, mais pas beaucoup. Le béké, c'est le nénuphar sur le lac : il tient de la place, mais que sait-il de ce qui se passe dix ou quinze mètres plus bas ? Ne parlons pas des Zoreilles qui arrivent et repartent sans avoir rien compris. Les gendarmes, on leur raconte volontiers les histoires de cul, ça les occupe et ils adorent ça. Avec la police à Robert, motus et bouche cousue. Les gens d'ici l'appellent la Gestapo, la police à Robert, sans vouloir vous désobliger. »

La Rochelle sourit en agitant une main distraite. Il pensait à autre chose. Il venait d'admettre que c'était avec Zéphyrinte qu'il avait envie de coucher.

31

Le surlendemain, La Rochelle sonda Propiac avec prudence alors qu'ils roulaient vers l'habitation familiale. Il commença par faire l'éloge de la beauté de Nadège et poursuivit en évoquant le malheureux strabisme de Zéphyrinte.

« Zéphy, elle a un œil sur le passé et un autre sur l'avenir, déclara Propiac d'un ton définitif.

– Que voulez-vous dire ?

– Rien d'autre que ce que je dis. »

La Rochelle se tint coi jusqu'à la fin du voyage. Il avait commenté avec Anne Montpouillan l'étonnante réaction du chirurgien aux extravagances de Suzanne. Comment un homme possédant une formation scientifique pouvait-il accorder le moindre crédit à ces fadaises de servante illuminée ? Anne n'avait pas la réponse. Lui non plus.

Un œil sur le passé et un autre sur l'avenir. Voilà qui n'avançait pas ses affaires.

Bernard de Propiac les accueillit avec une politesse vétilleuse et agaça immédiatement La Rochelle en lui donnant du « herr oberleutnant », qu'il prononçait avec un accent parfait. Physiquement, il était le sosie de son frère et pourtant son contraire. Même âge à un ou deux ans près, même crâne chauve, mêmes yeux protubérants, mais autant Antoine respirait la bonhomie et l'amour de la vie, autant la physionomie de Bernard était d'une sécheresse rébarbative. Les deux frères rappelaient à La Rochelle les figures qu'il dessinait dans son enfance : un gros rond pour la tête, deux petits ronds pour les yeux, et, selon que le trait de la bouche s'incurvait vers le haut ou vers le bas, on avait un bonhomme réjoui ou revêche. Les lèvres de Bernard s'incurvaient vers le bas, avec un pli de supériorité méprisante à chaque commissure.

Le chirurgien avait prévenu La Rochelle que sa belle-sœur serait absente, précisant que ce n'était pas motif de chagrin. Une personne de haute moralité, dit-il comme on lance une injure. Elle passait le plus clair de son temps à Fort-de-France où elle était comme cul et chemise avec l'évêque, Varin de la Brunelière, un excité qui transformait le triangle de la sainte Trinité en carré, avec Pétain dans le quatrième coin. Agnès de Propiac organisait pour lui une section féminine des Volontaires de la

Révolution nationale. Les deux enfants du couple, un garçon et une fille, avaient été envoyés dès la déclaration de guerre aux États-Unis, où ils poursuivaient leurs études.

La Rochelle fit son devoir d'invité. Il s'extasia sur la maison de style colonial, qui était réellement splendide, admira l'ordonnance luxuriante des jardins, hocha la tête devant deux anciens cachots à esclaves conservés à titre de souvenirs historiques et dont la porte était si basse que les esclaves punis devaient y entrer à quatre pattes, s'exclama sur l'excellence des mets servis au dîner par deux servantes vêtues de ravissantes robes traditionnelles, jura enfin qu'il n'avait pas bu un aussi bon café depuis très longtemps, ce qu'Antoine de Propiac promit de rapporter à Joséphine.

Ces volubiles démonstrations permettaient à La Rochelle d'esquiver ou d'endiguer le flot de questions dont l'accablait son hôte. Bernard de Propiac connaissait bien l'Allemagne, où il avait voyagé à plusieurs reprises, et se tenait informé grâce à l'écoute de la radio locale contrôlée par Robert, à celle des émissions en anglais diffusées par Sainte-Lucie et à celle d'une radio américaine installée à Miami. Ainsi demanda-t-il à La Rochelle si la situation du maréchal Göring, naguère tout-puissant, se rétablissait quelque peu.

La Rochelle avoua qu'il ignorait qu'elle se fût détériorée. Puis des questions indiscrètes sur la flotte sous-marine du Reich : conservait-elle une chance de briser le flux de convois qui transportaient d'Amérique en Angleterre soldats et armements ? L'issue de la guerre en dépendait. La Rochelle fit observer que la modestie de son grade ne lui donnait pas accès à des informations stratégiques d'une telle envergure. Il lançait à Antoine de Propiac des coups d'œil qui étaient autant d'appels au secours, mais le chirurgien bâfrait, le nez dans son assiette. La Rochelle se demandait pourquoi il l'avait traîné à cette soirée assommante où il avait l'air de s'ennuyer autant que lui. A en juger par leur attitude, les deux frères ne se portaient pas une affection débordante.

« Voyez-vous, herr oberleutnant, je me suis vivement intéressé à vos théories raciales, j'ai lu énormément de choses sur la question, dont le *Mein Kampf* du chancelier et naturellement Alfred Rosenberg, je m'en suis entretenu avec des gens très avertis au cours de mes séjours dans votre pays, et j'ai beaucoup réfléchi à votre approche du problème. Voulez-vous que je vous dise mon sentiment ? »

Ils étaient assis dans des fauteuils de rotin, sur

une grande terrasse d'où l'on apercevait, à cinq ou six kilomètres, l'océan Atlantique lissé par la lune. Les servantes s'étaient retirées après avoir posé sur la table de marbre rouge un assortiment impressionnant d'alcools et de liqueurs. Des coupelles diffusaient une odeur de citronnelle. Les deux frères avaient allumé un cigare et Bernard de Propiac avait tellement insisté pour que La Rochelle fît au moins un essai qu'il s'y était résigné. Il avait écrasé son cigare dans un cendrier après quelques bouffées et une quinte de toux.

Il n'avait aucune envie de connaître le sentiment de Bernard de Propiac sur la question raciale, mais savait qu'il n'y échapperait pas. L'homme était de ces discoureurs qui aiment à s'écouter parler. Il s'exprimait lentement, d'une voix grasse, en s'interrompant parfois pour suivre des yeux un rond de fumée particulièrement réussi.

« Herr oberleutnant, je suis convaincu que vous faites fausse route. Savez-vous pourquoi ? Vous n'envisagez que l'élimination des races inférieures. Je sais bien que vous n'entendez pas par là leur élimination physique, encore qu'à lire certains textes ou à entendre certains propos on pourrait se poser la question, et cette radio américaine de Miami, probablement tenue par des juifs, je vous l'accorde, raconte des choses tout à fait étonnantes sur ce qui se passerait actuellement en Pologne, mais enfin, d'une façon ou d'une autre, il s'agit encore et toujours de faire le vide. Aucun contact avec ces gens-là, n'est-ce pas, herr oberleutnant ? Surtout d'ordre sexuel. Ce serait une souillure. Je vous avoue tout uniment que je trouve cela très gamin. »

Antoine de Propiac se leva, empoigna la bouteille de rhum dépourvue d'étiquette, versa une rasade dans le verre de son frère, esquissa un mouvement en direction de La Rochelle qui écarta son verre encore à demi plein, et remplit le sien à ras bord. Il écoutait son frère les yeux fermés, les mains croisées sur le ventre, l'air d'un bouddha satisfait.

« Puisque les hasards de la guerre vous ont amené sur notre île minuscule, je vous donnerai en exemple, au risque de vous paraître ridicule – nous sommes si peu de chose... –, ce que nous avons réussi sans grande théorie, sans livres ni discours, mais en nous fiant au simple bon sens. Vous connaissez un peu notre histoire ? Oui ? Très bien. Quand les Caraïbes ont préféré disparaître plutôt que de devenir esclaves, nous ne nous sommes pas exclamé : Chic ! Nous avons notre espace vital, il est rien qu'à nous, enfin entre soi ! Non, herr oberleutnant. Qu'aurait signifié ce splendide isolement, comme diraient vos ennemis anglais ? Nous autres nous échinant au soleil dans les champs de canne à sucre. Merci bien ! Une race de maîtres suppose des serviteurs, herr oberleutnant. Nous sommes donc allés chercher les nôtres en Afrique.

« Ce que nous avons fait de ces bons nègres, je doute que vous l'approchiez avec vos méthodes aussi simplistes qu'expéditives. Si une race s'est jamais sentie inférieure, c'est bien celle-là. Un éleveur vérifie toujours la denture du cheval qu'il envisage d'acheter, mais il s'abstient de glisser un doigt dans le vagin de la jument et ne soupèse pas les testicules de l'étalon. Imaginez la petite famille qui vient tout juste de débarquer d'Afrique et les enfants qui voient papa penché en avant, écartant ses fesses à deux mains pour que son futur propriétaire s'assure de l'absence d'hémorroïdes, si gênantes pour le travail aux champs, pendant que maman regarde en roulant les yeux la main blanche qui lui palpe les mamelles pour vérifier leur fermeté. Au demeurant, courte honte pour les parents comme pour les enfants, puisqu'ils seront vendus à des maîtres différents et ne se reverront jamais. Te souviens-tu, Antoine, du grand-père Jules nous racontant ces pittoresques scènes de marché dont il était friand, tout comme sa femme Thérèse, que nous n'avons malheureusement pas connue ? Je vous passe, herr oberleutnant, le fouet, la chicotte, les oreilles coupées à la première tentative d'évasion, le jarret tranché à la deuxième, la mort à la troisième, la mort au moindre geste de rébellion ou de manque de respect, la mort par écartèlement, lente pendaison, sous le fouet, etc. En somme, un régime rigoureux.

« Quand vint l'abolition de l'esclavage, beaucoup des nôtres craignaient un soulèvement général, une Saint-Barthélemy des békés. Pas du tout. Nos bons nègres se sont contentés de quitter les plantations. Ils ne voulaient plus travailler. Nous avons donc fait venir des milliers de coolies dont l'heureux croisement avec les nègres a donné ces produits qu'Antoine apprécie tant... »

Le chirurgien ouvrit les yeux. Il avait posé son verre vide sur son gros ventre et le tenait entre les deux auriculaires.

« Abrège, grogna-t-il, tu ne vois pas que tu le rases ?

– Je vous ennuie ? s'enquit Bernard de Propiac avec autant d'étonnement que si son frère lui avait annoncé une imminente chute de neige.

– Je ne vois pas bien où vous voulez en venir...

– A ceci, herr oberleutnant. Nous ne disposons plus d'aucun moyen de coercition sur nos nègres – qui sont revenus travailler, bien entendu : même ici, on ne vit pas de l'air du temps. Ils ont autant de droits que nous. Ils votent. Toutes les carrières leur sont en principe ouvertes. Et pourtant nous restons les maîtres. Pourquoi ? Parce qu'ils ont intégré leur infériorité. Ils naissent avec la certitude que nous sommes supérieurs. »

Il posa l'index droit sur son avant-bras gauche avec un sourire entendu. La Rochelle se souvint que Napo avait eu le même geste, à l'hôpital, pour lui signifier qu'il n'était pas nègre.

– La peau, herr oberleutnant. Ils sont obsédés par la peau. Une seule idée en tête : éclaircir la race. D'un enfant qui naît plus clair que les autres, ils disent qu'il est "sauvé". Voyez la drôlerie de la chose : pendant des décennies, les bonnes âmes abolitionnistes nous ont accusés de violer nos négresses sous la menace du fouet. Plus d'esclavage, plus de fouet, et pourtant il nous suffit d'un claquement de doigts pour qu'elles s'allongent et écartent les cuisses. Éclaircir la race. J'ai cru remarquer que vous regardiez mes servantes. Des négresses, n'est-ce pas ? Mais non. Vous n'imaginez pas la variété des noms qui marquent une toute petite différence de couleur : mulâtresse, chabine, métisse, quarteronne, et j'en passe... Ici, celui qui est un peu plus clair méprise celui qui est un peu plus sombre. Et nous ? Avec notre peau blanche, nous représentons l'idéal absolu, nous sommes en haut de l'échelle et nous les regardons se bousculer pour escalader les échelons et se casser la gueule, bien évidemment, car survient toujours un gros nègre tout noir qui les fait retomber dans le goudron, comme ils disent...

– On va se rentrer, annonça Antoine de Propiac en se levant. J'ai une trépanation demain matin.

– Le coup de l'étrier ? proposa son frère.

– Vite fait. »

Antoine de Propiac descendait les marches de la terrasse.

« Où vas-tu ?

– Pisser.

– Antoine a dû vous parler de ce Césaire qu'il tient pour un grand poète, reprit Bernard de Propiac en remplissant les verres. Un fameux démagogue, oui ! Et notre adversaire le plus redoutable. Il leur raconte qu'il est beau et bon d'être noir, qu'ils doivent en être fiers. Manquerait plus que ça ! Mais il n'a aucune chance. »

Il se tourna brusquement en entendant un bruit de jet montant du jardin.

« Antoine ! cria-t-il. Ne pisse pas sur mes orchidées ! »

« Je n'aime pas votre frère, déclara La Rochelle dans la voiture.

– Moi non plus.

– Pourquoi m'avez-vous emmené le voir ?

– Une leçon de choses. Vous êtes encore à l'âge d'apprendre. »

Ils roulaient entre des champs de canne à sucre sur une route creusée de nids-de-poule.

« A part sa peau, dit La Rochelle, je ne lui trouve rien de supérieur.

– Vous avez raison. Et d'ailleurs, la peau, juste une couche de peinture. Le pigment, on appelle ça. C'est comme le sang. J'en ai vu couler des piscines de gens de toutes les couleurs. Jamais noté la moindre différence. » Il eut de la main gauche un geste vers les champs où la lune allumait des reflets métalliques. « Voilà la seule supériorité des békés. Leurs hectares de canne. Leurs usines à sucre. Leur pognon. Une partie investie ici, une autre planquée aux États-Unis ou en Suisse pour le cas où les choses tourneraient mal.

– Je ne comprends pas comment vous pouvez vivre dans cet endroit...

– C'est bien pourquoi j'en suis parti. Mais n'accordez pas trop d'importance aux bavasseries de mon frère. Il se monte la tête. Un cérébral. La vérité, mon petit vieux, c'est qu'ici comme ailleurs tout le monde couche avec tout le monde, et c'est très bien ainsi. Tenez-moi le volant. »

Il ouvrit la boîte à gants et en sortit un cigare qu'il alluma après avoir promené la flamme du briquet sur son extrémité. La Rochelle s'étonnait toujours de la dextérité de ses mains. Il accomplissait tous les gestes ordinaires de la vie avec rapidité et efficacité. Même le soir. Cela ne plaidait guère pour une hygiène de vie draconienne.

« Mes cigares ne valent pas les siens, grogna-t-il, mais je les préfère quand même. »

Il expectora un nuage de fumée que le courant d'air circulant entre les vitres baissées eut tôt fait de dissiper.

« Il y a quand même du vrai dans ce que dit Bernard. Vous autres Allemands, avec votre façon agaçante de vous proclamer supérieurs et de traiter les autres comme de la merde, vous coalisez la terre entière, ou presque, contre vous. Après, il faut se les coltiner, les races inférieures. Je me demande si vos petits camarades qui sont en train de combattre les judéo-bolcheviks sur la Volga les trouvent tellement inférieurs.

– On peut se le demander », admit La Rochelle en fermant les yeux et en s'installant ostensiblement pour un petit somme.

Il en avait sa claque, de la question raciale.

32

En l'absence de Suzanne, qui avait congé ce soir-là, le dîner avait été préparé et servi par Anne. Crabes farcis, colombo de porc, bananes frites. Ils avaient tiré la table tout contre la maison, car le vent forcissait et balayait la terrasse. La conversation était un peu gênée par l'éboulement des vagues, plus hautes que d'habitude à cet endroit de la plage.

Maurice affichait son inaltérable bonne humeur. François lui-même montrait de la jovialité. Anne avait organisé les agapes pour décider ensemble de la prochaine excursion. On évoqua les bons souvenirs gardés de la première sortie. La Rochelle subit en souriant maintes moqueries sur la faiblesse de ses jambes et son aptitude à faire le sous-marin. La perspective d'une nuit passée avec Anne devait réjouir Maurice. Propiac avait descendu les deux garçons de Fort-de-France, où il les ramènerait le lendemain matin. La gaieté de ses convives faisait plaisir à voir et La Rochelle l'aurait pleinement partagée s'il n'avait gardé une dent contre François. Propiac avait confirmé que les rivières du Nord étaient infestées de bilharzies et qu'il ne fallait pas plaisanter avec cette saloperie.

Un dérapage involontaire de La Rochelle manqua de briser l'ambiance euphorique. Comme les autres évoquaient les vieilles chansons qui avaient bercé leur enfance, il leur dit l'émotion qu'il avait éprouvée à l'hôpital de Fort-de-France en entendant Napo chanter *Schlaf, Kindlein, Schlaf !* Il dut expliquer pourquoi l'infirmier était surnommé Napo, sa carrière militaire, l'occupation de la Rhénanie, et, de fil en aiguille, se retrouva à affirmer que, si le peuple allemand suivait le Führer avec enthousiasme, ce n'était pas à cause de théories raciales indifférentes à la plupart des Allemands, mais parce qu'il avait sorti le pays de l'humiliation où l'avait plongé la défaite de 1918. Une réaction patriotique. La Rochelle était sincère. Peu de nazis acharnés parmi ses camarades sous-mariniers, et beaucoup de patriotes prêts à mourir pour un chef qui ouvrait au pays des perspectives glorieuses.

« Vous les hommes, intervint Anne de sa voix sonore, vous nous enquiquinez avec vos éternelles histoires d'humiliation. La France est humiliée par la défaite de 1870, elle prend sa revanche en 1918, c'est au tour de l'Allemagne de se sentir humiliée, elle prend sa revanche en 1940 : ça s'arrête quand, ce truc de dingues ? »

François leva la main et dit d'un ton acerbe :

« En matière d'humiliation, nous autres nègres n'avons de leçons à recevoir de personne. Notre humiliation dure depuis des siècles et on attend toujours la revanche. »

Il y eut un silence. La Rochelle s'en voulait de s'être fourvoyé. Anne sauva la situation :

« Et nous, les femmes, s'exclama-t-elle, vous y pensez ? Notre humiliation dure depuis des millénaires ! Qui dit mieux ? »

Un éclat de rire général salua sa sortie. Personne ne pouvait raisonnablement se représenter Anne Montpouillan en créature humiliée. Les délicieuses bananes frites achevèrent de détendre l'atmosphère.

Lorsque leur hôtesse se leva pour aller chercher le rhum et revint avec, serré dans son poing droit, un 7,65 qu'elle braqua sur La Rochelle, celui-ci crut donc à une plaisanterie.

« Mets tes mains sur la tête, ordonna-t-elle, et ne fais pas l'imbécile, parce que je n'hésiterai pas. »

A sa voix pour une fois assourdie, La Rochelle comprit qu'il ne devait pas s'attendre à voir jaillir un petit jet d'eau du canon du pistolet. Son cœur battait la chamade. Il n'y comprenait rien. Ces gens ne pouvaient tout simplement pas l'abattre au bord de la plage, sous les cocotiers, et espérer s'en tirer. Dix personnes au moins l'avaient vu entrer dans la maison.

Tranquille, sûr de lui, Maurice, qui était assis à côté de La Rochelle, se leva, lui prit les poignets, sans les serrer, et lui ramena les bras dans le dos par-dessus le dossier de sa chaise. Assis en face, François avait contourné la table en plongeant au passage la main dans un pot de terre d'où il retira une cordelette avec laquelle il lia les poignets de La Rochelle. Maurice sortit de sa poche un mouchoir propre, le déplia, puis le chiffonna en boule, et, se penchant sur La Rochelle, ordonna avec un sourire embarrassé : « Ouvre la bouche, s'il te plaît. » La Rochelle obtempéra. Le mouchoir refoulait sa langue et gonflait ses joues. François avait attrapé un vieux foulard accroché à une branche de tamarinier. Il l'en bâillonna étroitement tandis que Maurice lui liait les chevilles avec une cordelette pêchée dans le même pot de terre.

Le tout n'avait pas pris une minute. Ils avaient dû procéder à des répétitions.

Les deux garçons firent se lever La Rochelle. Ses chevilles étaient entravées de manière à lui autoriser des pas d'une quinzaine de centimètres. On le poussa à reculons jusqu'au trou à vent. D'une pression sur les épaules, Maurice lui indiqua qu'il devait se baisser. Il s'exécuta et entra dans le trou. C'était une sorte de petite grotte rustique comparable à celles qu'il avait vues en Bretagne et où les catholiques installaient une statue de saint, à ceci près qu'elle était bâtie en pierres assez solides pour résister aux cyclones. Plusieurs personnes pouvaient s'y tenir accroupies.

Anne se mit à croupetons devant lui et lui parla lentement, en articulant bien, telle une maîtresse d'école s'adressant à un élève peu doué :

« Les vacances sont terminées. Tu n'es sûrement pas le plus salaud des nazis, mais tu es quand même un nazi et un ennemi. On va passer à Sainte-Lucie cette nuit. Maurice, François et moi. Et toi. Tu es le cadeau que nous apportons dans notre corbillon. Tu vas finir la guerre dans un camp de prisonniers aux États-Unis ou au Canada. Ce sera moins marrant qu'ici : plus de baignades, plus de ti-punch, plus de Nadège. Mais rien de tragique. Sauf si tu joues au con. Là, on te balance à la flotte. Tu as compris ? »

La Rochelle hocha la tête. Anne se releva et disparut dans la maison. Maurice et François s'étaient rassis.

Quand Anne revint, elle s'était changée, abandonnant sa robe vert émeraude pour un pantalon noir et un maillot sans manches également noir qui mettaient en valeur sa tignasse rousse et sa carnation laiteuse. Elle s'assit avec les deux autres.

La première réaction de stupeur surmontée, La Rochelle enrageait. Il s'était fait avoir comme un enfant. L'île l'avait démobilisé. Il avait perdu le sens de l'ennemi. Il fallait cette excitée pour le lui rappeler. Propiac était sûrement dans le coup. Les Anglais ne le refileraient pas aux Américains. Trop heureux d'avoir un officier sous-marinier à se mettre sous la dent. On l'emmènerait en Angleterre pour l'interroger. Les trois salopards préparaient leur affaire depuis longtemps. La balade dans le Nord n'avait été qu'un prétexte pour le faire jauger par Maurice et François.

Un quart d'heure s'écoula. Anne consultait sa montre avec nervosité. Le vent ployait les cocotiers vers la mer. La Rochelle remuait les jambes pour combattre un début de crampe.

Venant de la plage, un homme surgit dans l'allée. Il portait le chapeau caractéristique des pêcheurs. C'était Majesté Biencontent. Il serra les mains d'Anne et des deux garçons, adressa un clin d'œil à La Rochelle, puis s'adressa en créole à Maurice et à

François. A considérer leur expression déconfite, les nouvelles n'étaient pas bonnes.

« Il dit qu'il faut reporter la traversée, traduisit François pour Anne. Trop de vent.

– Merde ! cria Anne en se levant. Ce n'est pas possible. Suzanne rentre demain matin. » Elle décocha un coup de menton en direction de La Rochelle : « Et lui, qu'est-ce qu'on en fait ? »

François s'adressa à Biencontent en créole. L'homme secouait obstinément la tête.

« Excusez-moi, interrompit Anne, mais on va parler français, ce sera plus commode. Majesté, on a conclu un accord, vous devez l'exécuter. Ce n'est pas demain ni après-demain qu'on va passer à Sainte-Lucie, c'est cette nuit.

– Écoutez seulement la mer, ma petite dame, dit le pêcheur avec un geste résigné, elle est en colère, elle vous conseille de rester tranquilles...

– Très bien. Je double la somme. »

Biencontent secoua la tête en riant.

« Je la triple. »

Le pêcheur fut ébranlé, mais écarta vite la tentation.

« Doudou, qu'est-ce que je fais de tes sous au fond de la mer ? Je les file aux poissons pour qu'ils me mangent pas les yeux ? »

Anne tapa du poing sur la table, faisant tintinnabuler la vaisselle. Biencontent haussa les épaules, adressa encore quelques mots en créole à François et à Maurice, puis s'en fut vers la plage. Anne se rassit.

« Je vous avais bien dit qu'il fallait demander à Saturnin, laissa tomber Maurice, désabusé.

– Et qu'est-ce qu'on faisait du cadeau ? demande Anne en montrant La Rochelle. On se le trimballait jusqu'à Grand'Rivière dans le coffre de la voiture ? Antoine n'aurait jamais accepté.

– Mais je me fous du cadeau ! protesta Maurice. Ce que je voulais, c'était passer à la dissidence. C'est toi qui nous emmerdes, avec ton cadeau.

– Reconnais que c'était un joli coup, dit François, conciliant. On n'arrivait pas les mains vides.

– Bien sûr que c'était un coup fumant ! renchérit Anne. Et il faut qu'il rate à cause de cette couille molle de Majesté... »

Maurice fut le premier à remarquer que La Rochelle s'agitait dans ses liens en écarquillant les yeux.

« Il veut dire quelque chose.

– Je n'ai pas envie de l'écouter », répondit Anne.

La tête penchée, elle se massait énergiquement les tempes. Ses yeux gris-vert brillaient de fureur.

La Rochelle renonça. Il voulait proposer un marché : on le libérait, chacun rentrait chez soi et on oubliait tout. Aucunes représailles. Il était prêt à donner sa parole d'officier allemand.

Anne se redressa, un sourire sur les lèvres.

« Je vais vous dire ce qu'on va faire, les garçons. On se passe de Majesté. Je sais où il range sa voile. Aucun problème pour tenir le cap : droit au sud et on verra bientôt les lumières de Sainte-Lucie. Une trentaine de kilomètres par bon vent, c'est vite avalé. »

Maurice leva un regard inquiet vers la cime des cocotiers.

« Tu appelles ça un bon vent ?

– Les bateaux à voile, Maurice, ça avance avec du vent.

– Tu es sûre de pouvoir tenir le gommier ? demanda François.

– Moins bien que Saturnin, mieux que Sa Majesté la trouille.

33

Assis à la proue, toujours ligoté mais libéré du bâillon, giflé par les embruns, La Rochelle contemplait cette mer qui lui avait apporté ses ultimes bonheurs guerriers et allait être son linceul.

Les premiers mois contre les Américains avaient été une fête. Les anciens disaient retrouver les sensations du début de la guerre, quand ils torpillaient les cargos britanniques errant sur les flots en enfants perdus. La Rochelle était arrivé après que les Anglais eurent mis au point le système des convois fortement protégés. Fini de rigoler. « *Hit and run* », répétait le Vieux. Frapper et se cavaler. Dix-huit secondes pour plonger. L'Amérique du début, c'était du gâteau. La côte de Floride illuminée comme le Hambourg des noëls d'avant guerre. Ils se repéraient sur les enseignes flamboyantes des hôtels et des casinos. La silhouette des pétroliers venus du golfe du Mexique se découpait si bien sur ce fond lumineux qu'un gamin de dix ans n'aurait pu les manquer. Une nuit, ils avaient croisé un petit paquebot avec des dizaines de couples dansant sur le pont supérieur éclairé. Une valse. Les femmes portaient des robes longues et les hommes des smoking. Dans le kiosque, personne ne parlait. Ébahis, ils contemplaient ce spectacle surgi d'un autre temps. Le Vieux avait décidé de ne pas gaspiller ses torpilles.

Les Américains avaient vite appris le métier.

Il était convaincu qu'Anne ne s'en tirerait pas. Elle avait dû apprendre à barrer sur des petits voiliers conçus pour la régate de plage. Moins souple, plus rustique, le gommier en différait autant qu'un percheron d'un cheval de course. Elle sous-estimait son temps de réaction, de sorte qu'après avoir passé convenablement une lame elle prenait la suivante par le travers et embarquait de l'eau. Tous quatre étaient trempés jusqu'aux os. Maurice et François écopaient tour à tour avec une écuelle rouillée.

L'embarquement avait été épique. Une demi-heure au moins pour parvenir à établir la voile. Ils n'arrivaient pas à la fixer à la vergue diagonale. La toile battait furieusement avec des claquements de fouet. François se l'était prise en pleine figure. Un verre de ses lunettes cassé. Il était fou de rage. La rouquine jurait comme un matelot ivre. Sans Maurice, toujours calme et efficace, ils ne s'en seraient jamais tirés. Et c'était encore Maurice qui, de l'eau jusqu'aux hanches, avait su propulser le gommier au bon moment, juste entre le déferlement de deux vagues, puis, d'une traction puissante, se hisser à bord.

Chacun des deux garçons emportait un petit baluchon. Anne avait pris une sacoche en cuir.

On commençait à voir clignoter les lumières de l'île anglaise. Ils arrivaient dans les parages dangereux. Un fort courant traversait le canal de Sainte-Lucie. Le Vieux s'étonnait de sa vigueur. La combinaison du vent et du courant ajouterait à la houle un clapot redoutable. La Rochelle comprenait la décision de Biencontent. C'était une nuit à rester couché.

Le clapot fut au rendez-vous. Anne en faisait trop. Longue pirogue taillée d'un bloc dans un tronc, le gommier démontrait une stabilité remarquable. Il suffisait de lui faire confiance. Elle le menait à la cravache. La Rochelle ne regrettait pas d'être ligoté. Ce serait vite fini. Dans cette mer tiède, l'agonie des autres risquait d'être longuette.

Ils embarquaient sans cesse de l'eau. Maurice et François ne parvenaient plus à l'évacuer. Elle alourdissait le gommier et le rendait rétif à la manœuvre.

Le vent forcissait encore. Bouche ouverte, front plissé, Anne elle-même commençait à manifester de l'inquiétude.

Un violent coup de roulis, qui expédia à l'eau l'un des baluchons, rompit la décision de La Rochelle de ne pas se prêter à une collaboration qui serait une lâcheté. Échapper à tant de grenadages terrifiants pour crever à cause d'une imbécile, c'était quand même trop con.

« Anne ! cria-t-il. Laissez-moi la barre ! »

Elle lui était le plus souvent masquée par les garçons et il ne la voyait que lorsque le tangage soulevait la poupe, mais il entendit la réponse :

« Pas question !

– Ne soyez pas stupide. J'ai plus d'expérience que vous. »

Cette fois, il n'y eut pas de réponse.

Comme souvent à la mer, l'événement fut brutal. Un coup de barre excessif mit le gommier en travers. La voile fasseya. Anne voulut compenser. Le bateau ne répondit pas. Elle se leva de son banc – geste aberrant. La voile, trouvant le vent, se gonfla d'un seul coup et balaya la coque. La vergue diagonale était trop haute pour toucher Anne, mais la toile la gifla à mi-corps et le choc suffit à la précipiter par-dessus bord. Elle lança un « Oh ! » qui exprimait plus d'étonnement que de peur.

François braillait. Maurice, le visage décomposé, scrutait les ténèbres. Le gommier, vent tribord, filait bon train jusqu'à la prochaine embardée, qui risquait d'être la dernière.

« Détachez-moi ! hurla La Rochelle. On va tous y passer ! »

Maurice se précipita sur lui et dénoua les cordelettes. La Rochelle secoua ses doigts engourdis. Il écarta Maurice, enjamba François et empoigna la barre. Il fit opérer un demi-cercle au gommier pour revenir dans le secteur où était tombée Anne. Ce ne fut pas simple et il y fallut du temps.

« Par là ! criait François, le doigt pointé.

– Silence ! On écoute ! »

Leur seule chance était d'entendre des appels. La Rochelle ne se faisait guère d'illusions. Par nuit noire et mer forte, on ne retrouve pas un marin tombé d'un voilier. Anne était bonne nageuse, mais le clapot l'empêchait de les voir. Il eût fallu un improbable hasard pour qu'elle se dirigeât droit sur eux. La pauvre vieille était condamnée.

Ils croisèrent une bonne demi-heure dans les parages supposés de sa chute. Accaparé par la manœuvre, La Rochelle laissait Maurice et François scruter les flots noirs. Maurice lançait de temps en temps un appel. Il finit par renoncer. François aussi avait compris. Recroquevillé sur lui-même, il avait le visage enfoui dans ses mains et les épaules secouées par un mouvement convulsif.

Laissant derrière lui les pâlottes lumières de Sainte-Lucie, La Rochelle mit le cap sur la Martinique. La vitesse soudaine du gommier fit émerger François de sa prostration. Il lança tous azimuts des regards soupçonneux, repéra les lumières et cria à La Rochelle :

« Où vas-tu ?

– Devine ! »

François attrapa la sacoche en cuir d'Anne, l'ouvrit et, après avoir éparpillé des papiers, en sortit le 7,65 qu'il braqua sur La Rochelle.

« Sainte-Lucie », ordonna-t-il.

La Rochelle esquissa le geste de se lever de son banc et lança :

« Tu prends la barre.

– Laisse tomber », dit Maurice à François.

Il avait l'air désespéré.

Le gommier tiré sur le sable et couché à l'emplacement exact où ils l'avaient pris, la voile remisée dans la cahute en tôle où Biencontent rangeait son matériel de pêche, ils enjambèrent le muret séparant le jardin d'Anne de la plage, remontèrent l'allée et, après que Maurice eut allumé la lampe placée au-dessus de la porte, se laissèrent lourdement tomber sur les chaises. Ils étaient partis sans desservir la table. Des insectes grouillaient dans les assiettes.

La Rochelle se sentait épuisé. Il ôta sa chemise trempée, la roula en boule et se bouchonna le torse. Les deux garçons le regardaient avec une inquiétude lasse.

« Voilà le scénario, dit-il. Nous avons dîné avec Anne. Elle avait envie de se coucher tôt. Je vous ai emmenés boire un dernier verre chez Propiac, qui dormait déjà. Quand vous êtes redescendus, plus d'Anne. Évaporée. Anne est passée cette nuit à Sainte-Lucie. Elle vous avait parlé une ou deux fois de son intention de rejoindre son mari, mais sans rien de précis. Vous et moi, nous ignorions qu'elle nous avait invités hier soir à un dîner d'adieu.

– Ce qui veut dire que tu ne nous dénonceras pas ? demanda Maurice après un silence.

– Hors de question.

– Pourquoi fais-tu ça pour nous ? s'enquit François.

– Pas pour vous : pour moi. Un détail, et je vous demande d'être francs : Propiac était bien entendu dans le coup ? »

Les deux garçons secouèrent la tête d'un même mouvement.

« Absolument pas, dit Maurice.

– Personne n'était au courant », assura François.

Ils avaient l'air sincère.

« Très bien, dit La Rochelle. J'espère ne jamais vous revoir. Pensez à la sacoche d'Anne. Elle avait sûrement emporté des papiers, des choses personnelles. Il ne faut pas qu'on la retrouve. »

François continuait de le fixer. Était-ce le verre fêlé de ses lunettes ? Il clignait sans arrêt de l'œil droit.

« Je veux savoir pourquoi tu ne nous dénonces pas.

– La vanité. Je ne tiens pas à ce qu'on sache que j'ai failli me faire avoir par vous. »

Il remonta jusqu'à la maison par la plage. L'aube poignait. Il éprouvait de la peine pour la rouquine et évita de se demander si ce n'était pas aussi sur lui-même qu'il s'attendrissait.

Quelqu'un était assis sur les marches de bois conduisant à la terrasse. Il ne reconnut Zéphyrinte qu'en arrivant sur elle. Son haut chignon était dénoué et sa chevelure noir corbeau cascadait sur ses épaules. C'était la première fois qu'il la voyait ainsi. Sa chemise de nuit coupée dans un tissu léger révélait les seins lourds et le triangle noir entre ses cuisses. Elle dévisagea La Rochelle et murmura doucement : « Pourquoi es-tu revenu ? » Puis elle se leva, le prit par la main et le conduisit dans sa chambre.

Cinquième partie

34

Si l'on avait dit à La Rochelle qu'il aimait Zéphyrinte, il aurait haussé les épaules. Ce qui, dans sa vie, ressemblait le plus à l'amour, il l'avait éprouvé pour Ilse. On aimait une femme avec laquelle on envisageait de se marier et d'avoir des enfants. Zéphyrinte n'entrait évidemment pas dans la catégorie. Il eût néanmoins admis que ce qu'il vivait grâce à elle échappait à toutes ses références. Il le recevait comme un cadeau inespéré dont il savait qu'il lui serait bientôt repris. Qu'il fût éphémère rassurait La Rochelle et l'incitait à en jouir sans réticence, mais il lui arrivait parfois de penser que l'avenir, long ou bref, serait fade et triste sans Zéphyrinte.

Leur première nuit ensemble donna le ton aux suivantes. Épuisé, choqué par la disparition d'Anne, refoulant aussi l'indigne regret qu'une chance de survie honorable se fût ainsi dérobée (qui aurait pu lui reprocher, étant donné les circonstances, d'attendre la fin de la guerre dans un camp de prisonniers ?), il avait dit à Zéphyrinte qu'il voulait prendre une douche pour se laver du sel incrusté dans sa peau. Sans répondre, elle l'avait déshabillé, puis l'avait fait s'allonger sur le lit et, tirant sur eux la moustiquaire, avait commencé à lécher chaque parcelle de son corps. Il s'était laissé faire, trop fatigué pour réagir. Il n'avait pas tardé à sombrer dans un sommeil agité. Quand il en émergeait, elle était toujours occupée, nue elle aussi, à le lécher avec application, comme si elle nettoyait quelque objet précieux, et il avait senti sa langue, devenue à la fin un peu râpeuse, telle celle d'une chatte, voyager dans des replis de son corps où il n'aurait jamais cru qu'une langue pût jamais s'aventurer. Il s'était finalement endormi pour de bon. A son réveil, Zéphyrinte n'était plus là.

Elle le rejoignait chaque soir et le quittait avant l'aube. C'était toujours elle qui prenait l'initiative. Il se laissait caresser, manipuler, retourner, mordiller, lécher, sucer. Cela durait un temps fou. Quand elle l'avait décidé, elle le chevauchait et le menait vers le plaisir au rythme qui lui convenait. Les premières fois, impatient de jouir, il la bloquait sur lui, empoignant à deux mains ses fesses si denses, et se libérait en trois coups de reins. Il avait appris à attendre.

Ce qu'il aimait par-dessus tout, c'était l'hommage presque religieux qu'elle lui rendait, pendant les infinis préliminaires, avec sa langue, ses dents, ses mains, sa longue chevelure dont elle énervait son sexe, son regard bigle qui semblait vouloir enregistrer minutieusement chaque détail du paysage de son corps. En même temps, il en éprouvait un grand trouble. Elle le traitait comme s'il était une fille, et il aimait ça. Il se surprenait à des coquetteries étonnantes. Il avait hâte que les lèvres de Zéphyrinte quittent ses genoux, qu'il trouvait trop osseux et dont ses camarades d'école se moquaient au temps où ils portaient encore des culottes courtes. En revanche, quand elle le faisait se coucher sur le ventre, il soulevait un peu la croupe, car elle appréciait la cambrure de ses reins, la flattant longuement des mains avant d'y promener sa bouche.

Après qu'elle l'avait chevauché, les cuisses couleur noisette serrant en étau ses hanches et les seins lourds oscillant au-dessus de lui tandis que, la tête renversée en arrière, elle poussait les cris, halètements, grognements et gémissements qu'il avait guettés si avidement, l'oreille collée aux persiennes de la chambre de Propiac, La Rochelle pouvait la prendre à sa convenance. Elle se prêtait avec une soumission excitante dont il n'était pas entièrement dupe car, même s'il la pliait et dépliait selon sa fantaisie, elle exerçait une muette pédagogie qui lui faisait découvrir des territoires auxquels il n'avait jamais eu l'idée d'accéder et des itinéraires dont il n'aurait cru trouver que dégoût à les emprunter. Avec elle, l'amour était une affaire lente, minutieuse, à la fois sérieuse et gaie, où chacun des partenaires avait tous les droits et le seul devoir de procurer le plus grand plaisir possible à l'autre.

Chaque fois qu'il se répandait en elle, il croyait que c'en était fini pour la nuit, mais ses odeurs avaient tôt fait de le ranimer. Il avait été sensible dès le premier jour à la fragrance musquée qu'elle laissait dans son sillage. Au lit, il ne se lassait pas de la humer et de la goûter, poussant du groin dans tous ses plis et orifices. Sa bouche fleurait la cannelle, même si l'haleine prenait un peu d'âcreté au fil des heures, ses aisselles humides sentaient le fauve, la raie du cul magnifiquement fendu avait un arôme et un goût poivré, sa chatte réunissait tous les parfums de la mer. C'était sa peau qui embaumait le musc. Après le premier enlacement, les odeurs lourdes et entêtantes de la jouissance se mêlaient à ce bouquet d'épices.

Il se levait beaucoup plus tard qu'avant, ne plongeait dans la mer que pour se rafraîchir et ne bougeait guère de son fauteuil, sur la terrasse, où il s'assoupissait souvent. Parfois, après une longue sieste, il descendait jusqu'au bourg, mais sans s'y attarder. Le jour servait de préparation à la nuit. Il n'avait plus jamais recouru jusqu'à l'anse Cafard. Il sortait du lit avec trop de lassitude béate pour avoir envie de s'agiter. Et puis il avait si souvent fait le parcours avec la rouquine qu'il n'avait pas le cœur à y retourner seul.

La disparition d'Anne Montpouillan avait été considérée au niveau officiel comme une fuite de plus vers Sainte-Lucie. Les deux gendarmes du Diamant venus interroger La Rochelle lui avaient indiqué que près de deux mille Martiniquais avaient ainsi rejoint la dissidence, tant à Sainte-Lucie qu'à la Dominique. Ils ne trouvèrent rien à redire à sa version, qui confirmait celle donnée par Maurice et François à leurs collègues de Fort-de-France. Les pêcheurs du Diamant protestaient unanimement que ce n'était pas une nuit à mettre un gommier dehors et que seul un fou venu d'ailleurs avait pu embarquer cette folle. Une instruction judiciaire était ouverte pour le principe et le juge avait fait apposer les scellés sur la maison.

Le capitaine de corvette Guerrec, qui accompagnait les gendarmes, écoutait en silence. D'évidence, il se souciait comme d'une guigne du sort d'Anne Montpouillan et se trouvait là en service commandé. Tandis que l'adjudant-chef achevait de mettre en forme son procès-verbal, il entraîna La Rochelle à l'écart et lui apprit que la tension avec les Américains s'était sensiblement réduite. De Gaulle avait fait savoir qu'il n'apprécierait pas une mainmise américaine sur les Antilles françaises. La perspective d'un débarquement semblait désormais écartée. Malgré qu'il en eût, La Rochelle ressentit un pincement au cœur. Une deuxième porte se refermait.

Il avait l'impression que le bourg ne partageait pas la crédulité officielle. Les attitudes et les regards avaient changé. Majesté Biencontent lui serrait la main en inclinant la tête comme on présente des condoléances. Suzanne avait quitté le Diamant, et aussi Marguerite, l'amie infirme d'Anne, qui était retournée à la plantation de ses parents, dans le nord de l'île, sur la côte atlantique. Les gens considéraient La Rochelle avec une curiosité qu'ils ne lui avaient encore jamais témoignée. On murmurait sur son passage. Sans doute le croyait-on associé à l'opération magique qui avait abouti à l'escamotage de la rouquine.

Propiac était un mystère. La bouche arrondie sur son cigare, les yeux plus que jamais exorbités, il avait écouté La Rochelle raconter comment il avait invité les garçons à prendre un dernier verre sur la terrasse après qu'Anne leur eut demandé de la laisser se coucher. C'était le point faible du scénario. Propiac pouvait le faire voler en éclats en déclarant qu'il ne les avait pas vus. Mais il se retirait tôt dans sa chambre. Son seul commentaire avait été un grognement qui pouvait exprimer aussi bien l'assentiment que le scepticisme. Il parlait toujours d'Anne au passé, et avec une émotion sensible. C'était une chic fille. Elle était un peu emmerdante, avec ses continuelles revendications de suffragette, mais, après tout, elle n'avait pas tort. La faillite des hommes, ces brutes sanguinaires, était si évidente que ça aurait valu le coup de confier le gouvernement du monde aux femmes, histoire de voir. Elle tenait admirablement le rhum. C'était une belle plante, bien gaulée, même s'il n'appréciait pas trop l'odeur des rousses. Aurait-il parlé ainsi s'il avait cru Anne en sécurité à Sainte-Lucie ? Un soir, il glissa sans insister qu'il avait rencontré François à Fort-de-France...

La Rochelle redoutait une réaction, voire une querelle, à propos de Zéphyrinte, mais le chirurgien avait entériné sans broncher la désertion de son lit.

Un soir que Joséphine restait introuvable et qu'il la hélait en vain de sa voix de rogomme, il avait grommelé en riant, plus pour lui-même que pour La Rochelle : « Manquerait plus qu'elle marronne comme Zéphy... » Il venait de moins en moins au Diamant, dormant de préférence dans sa maison de Didier qu'avait réintégrée Nadège. Joséphine préparait et servait les repas de La Rochelle. Zéphyrinte passait apparemment la journée dans sa chambre, au-dessus de la cuisine. Il ne la croisait plus dans les rues ni sur la place du bourg. Ainsi la maison était-elle entrée en léthargie, comme vouée à la seule cérémonie de la nuit. La Rochelle en éprouvait du malaise. Il lui paraissait impossible que ses habitants, tous intimement unis par les liens du sang ou du sexe, eussent décidé de cette nouvelle organisation sans en parler entre eux. Mais à lui on ne disait rien. Il évoluait dans un environnement opaque, sans repères, réduit à prendre acte de dispositions arrêtées par les autres et qui le concernaient pourtant directement.

Zéphyrinte ne riait jamais avec lui. Il gardait pourtant souvenir de ce rire frais, très jeune, qui ponctuait ses ébats avec Propiac. Il lui arrivait en revanche fréquemment de sourire, par exemple quand La Rochelle lui affirmait que la neige brûle et qu'elle croyait à une moquerie de sa part. En vérité, il ne la trouvait ni triste ni gaie, mais attentive et surtout d'une tendresse qui l'émouvait. Après leurs tumultes, elle prenait la main droite de La Rochelle dans sa main gauche, entrelaçait leurs doigts, et ils restaient ainsi à parler pendant des heures, étendus côte à côte, presque bouche à bouche, et il s'interrompait souvent au milieu d'une phrase pour qu'elle effleurât ses lèvres ou ses yeux d'un baiser léger tout en serrant ses doigts – c'était devenu un jeu – afin qu'il reprît le fil interrompu.

C'était surtout lui qui parlait. Elle se bornait à poser des questions. Elle voulait tout savoir de sa vie. Non pas de son existence de sous-marinier, qui ne l'intéressait nullement, mais de l'Allemagne, de ses parents, de son enfance, de sa jeunesse. Il comprenait mal sa curiosité. A quoi bon parler d'un pays où elle n'irait jamais, d'une famille pour elle inconcevable ? Elle fronçait les sourcils et entrouvrait la bouche, telle une petite fille écoutant un conte de fées, quand il lui disait le froid, la glace, les brumes du Nord, les lourds manteaux et les grands feux dans la cheminée. La Rochelle racontait son pays avec la nostalgie douce-amère de l'exil, et autant pour lui-même que pour elle. Ce fut encore plus vrai quand il lui parla de ses parents. Il avait le sentiment que la parenthèse martiniquaise le mettait à bonne distance pour porter un jugement équitable. Mais s'agissait-il encore de juger ? Il avait toujours admiré les vertus de sa mère et n'eut pourtant que des mots sans chaleur pour évoquer une femme dont la seule manifestation physique d'affection était le baiser qu'elle déposait parcimonieusement sur son front. En revanche, il se trouva pour son père une indulgence nouvelle, peut-être parce que celui-ci aurait ri de le découvrir dans les bras d'une négresse, museau contre museau, à lui murmurer des douceurs en allemand, car Zéphyrinte adorait l'entendre parler cette langue.

Ne serait-ce que par politesse, il posait à son tour des questions et n'obtenait que des réponses évasives. Elle prétendait que sa vie n'offrait aucun intérêt. Même son âge restait flou : une nuit, vingt ans ; une autre, vingt-trois. Lorsqu'il insistait trop, elle se redressait, s'installait à califourchon sur lui, dos tourné, le bâillonnait en écrasant sa chatte sur sa bouche, et leurs langues s'occupaient à autre chose qu'à parler.

Assis sur la terrasse, assommé de chaleur, La Rochelle se disait que tout cela n'avait ni rime ni raison. Un jeu de dupes. Cette espèce de conspiration silencieuse pour favoriser ses amours avec

Zéphyrinte, et lui qui comptait les jours, des jours qui filaient à une vitesse affolante.

Une nuit, il fit le cauchemar récurrent chez tous les sous-mariniers. Il y avait longtemps que cela ne lui était pas arrivé. La plupart de ses camarades, une mauvaise position sur leur couchette gênant sans doute leur respiration, rêvaient la longue agonie de la disparition progressive de l'oxygène, et se réveillaient en criant et en aspirant l'air à grandes goulées hystériques. Le schéma répétitif, chez La Rochelle, était différent. L'U-138 tentait d'échapper par le silence et l'immobilité à la traque des escorteurs. Les moteurs électriques tournant au ralenti n'émettaient plus qu'un infime ronronnement. Les hommes nécessaires à la manœuvre avaient enfilé les chaussons de feutre, les autres étaient étendus sur leur couchette et ne bougeaient plus pour économiser l'oxygène. Le Vieux murmurait des ordres rares et brefs. La mer formait une telle caisse de résonance que le moindre bruit pouvait les faire repérer. Une fois, Ulf Walter, le préposé à l'écoute, avait perçu dans son casque un léger choc sur le pont du torpilleur croisant à petite vitesse au-dessus d'eux et le juron du matelot anglais qui ramassait son briquet. Puis venait, implacable, le bruit de balle de ping-pong de l'asdic sur la coque du 138. L'ennemi les avait trouvés. Curieusement, aucune explosion de grenade n'intervenait dans le cauchemar de La Rochelle, mais la coque du sous-marin s'écartelait soudain, juste au-dessus de sa tête, et une cataracte d'eau s'abattait sur lui avec la force d'un marteau-pilon.

Il se réveilla en hurlant, distingua vaguement une forme noire penchée sur lui, qui ne pouvait être que la Mort, et, d'une détente désespérée des deux bras, la repoussa violemment. Il lui fallut cinq ou six secondes pour recouvrer ses esprits. Haletant, trempé de sueur, il alluma la lampe de chevet. Zéphyrinte gisait sur le parquet, entortillée dans la moustiquaire arrachée. Elle avait les deux mains pressées sur son ventre. La Rochelle sauta du lit en jurant et, se penchant sur elle, s'excusa et lui demanda s'il lui avait fait mal. Zéphyrinte répondit qu'elle ne se tourmentait que pour l'enfant qu'elle attendait de lui.

La dernière nuit, ils ne firent pas l'amour, se contentant de rester l'un contre l'autre à s'embrasser et à se caresser. Ils se parlaient très peu. Le contact des corps suffisait. Jamais La Rochelle ne se sentit si proche de Zéphyrinte qu'au long de ces heures d'effusions paisibles et quasi muettes. Tel un élève qui révise en hâte à la veille de l'examen, il ne cessait de parcourir des yeux le visage aux longs cils recourbés, la bouche aux lèvres entrouvertes, les seins dont les larges mamelons s'érigeaient sous ses caresses, les hanches et l'intérieur des cuisses à la douceur satinée. Il ne voulait rien oublier.

Deux fois, comme leur embrassement constant finissait par les mettre en nage, ils descendirent sur la plage et, main dans la main, entrèrent dans la mer jusqu'à l'endroit où les vagues se brisent, se laissant fouetter par leur tiédeur vivace.

Lorsque l'aube poignit, La Rochelle demanda à Zéphyrinte de lui chanter une dernière fois *Schlaf, Kindlein, Schlaf !* et sourit à son accent exécrable et adorable. En retour, il lui chanta la chanson en créole qu'elle lui avait apprise et où il était question de foulards, de madras et d'un doudou qui s'en va sur un grand bateau.

Ils s'endormirent quand le premier rayon de soleil traversa les persiennes.

35

La puanteur réveilla Double-Queue.

Il reposait entre les gommiers *Va-de-bon-cœur* et *Misère-de-l'humanité* après avoir coqué Lucette Saramon de minuit à trois heures du matin. Lucette avait prétexté le tonitruant ronflement de son mari pour obtenir de dormir de temps en temps sur un lit de camp installé dans la pièce réservée aux archives de la brigade. De là, elle pouvait gagner discrètement la plage toute proche.

Identifiant aussitôt l'épouvantable odeur, Double-Queue poussa un gémissement et se tassa sur le sable. Pas question de renouveler l'expérience du barbu. Il ne se voyait pas entrer dans la gendarmerie et se présenter à l'adjudant Saramon avec, sur lui, le parfum de patchouli dont s'inondait sa femme avant de le rejoindre. Mais qu'avaient donc ces Allemands à tomber toujours malades ?

La curiosité fut la plus forte. Il ouvrit un œil et, dans l'aube à peine ébauchée, découvrit sans surprise le sous-marin mollement balancé par la houle, le vieillard à barbe grise en haut du kiosque et le canot pneumatique que deux hommes menaient à coups de pagaie vers la plage.

Les marins échouèrent le canot et sautèrent dans l'eau qui leur montait aux chevilles. L'un d'eux tenait une corde nouée à l'anneau fixé à l'avant du canot. Ils regardèrent devant eux, vers le haut de la plage, puis se retournèrent ensemble vers le sous-marin. Ils avaient l'air décontenancé.

Double-Queue leva prudemment la tête au-dessus du bordage du *Misère-de-l'humanité*. Une femme noire et un homme blanc étaient assis côte à côte en haut de la plage. Ils se tenaient étroitement enlacés. Double-Queue ne reconnut pas son barbu, mais le sac bleu cylindrique posé sur le sable était bien le même.

Puis la femme se leva. L'homme se mit à genoux, noua ses bras autour des fesses de la femme et, sa joue droite posée sur son ventre, la pressa contre lui. Il se leva à son tour, empoigna le sac qu'il plaça en équilibre sur son épaule gauche, et marcha vers la mer. Il n'en était plus qu'à quelques mètres quand il se retourna vers la femme. Double-Queue crut qu'il allait remonter vers elle. Mais il se détourna sans un geste et rejoignit les marins.

Ensuite, tout alla très vite.

La femme avait disparu.

Composition et mise en pages réalisées
par Étianne Composition
à Neuilly-sur-Seine.

Achevé d'imprimer en décembre 2001
sur presse Cameron
Bussière Camedan Imprimeries
à Saint-Amand-Montrond (Cher)
pour le compte des Éditions Fayard

35-33-1336-3/01

ISBN 2-213-61136-X

Dépôt légal : décembre 2001.
N° d'Édition : 17783. – N° d'Impression : 015703/4.

Imprimé en France